（插图收藏本）

❻

感悟幽默的无穷魅力

百姓 · 名人 · 怪人

司马榆林◎编著

河南文艺出版社

图书在版编目(CIP)数据

百姓·名人·怪人:感悟幽默的无穷魅力/司马榆林编著. —郑州:河南文艺出版社,2013.12(2016.7 重印)
(青少年趣味故事馆)
ISBN 978-7-80765-912-9

Ⅰ.①百… Ⅱ.①司… Ⅲ.①故事-作品集-中国-当代 Ⅳ.①I247.8

中国版本图书馆 CIP 数据核字(2014)第 000505 号

出版发行 河南文艺出版社
本社地址 郑州市鑫苑路 18 号 11 栋
邮政编码 450011
售书热线 0371-65379196
承印单位 河南日报报业集团有限公司彩印厂
经销单位 新华书店
纸张规格 700 毫米×1000 毫米 1/16
印　　张 9.75
字　　数 111 000
版　　次 2013 年 12 月第 1 版
印　　次 2016 年 7 月第 2 次印刷
定　　价 18.00 元

目　录

第一章　民间小人物的幽默故事

隐士田仲/1
秀才答题/1
“头鸣”/2
店家白送厚礼/2
讲忌讳的财主/3
摆架子的后果/4
聪明的旅行者/4
诵经千遍之后/5
皇帝弹琴/6
边吃饭边骂人的齐人/7
高山打鼓，闻声百里/7
尚书张建封与监军使的约定/8
一家人的春联/9
张进士教蔡府子弟跑步/9
伶人说“彻底清”酒/10
魏国贞骂财主/10
一窍不通/11
瞧不起手艺人的退职小官/12

念错的对联/13
爱面子的秀才与小偷/14
毕矮挖苦周道胜/14
抖动的叫花子/15
太守也惧内/15
吹牛/15
看重衣着的主人/17
听父亲话的结果/17
阿凡提与财主/18
一头獐子的价格/19
巧对/20
阿凡提剃头/20
阿凡提找兔子/21
比力气/22
阿凡提与国王/23
阿凡提折磨驴子/23
爱听故事的酋长/24
改变逗号的标语/24
王老汉与小偷/25
用两次的空城计/26
观棋不语的书呆子/27
慢性子与急性子/28
被推进池子的年轻人/28
酒鬼戒酒/29
酒鬼的幽默故事/30
三兄弟的故事/31

幽默的犹太人/33

第二章　历史名人的幽默故事

幽默的伊索/35
幽默的晏婴/35
偷生讲义的孔子/36
幽默的艾子/37
禽滑厘与老妇/38
怎样才能获得知识/39
苏格拉底与批评家/39
闭嘴与演讲/40
第欧根尼与亚历山大/41
庄子与监河侯/41
公孙龙的困惑/42
欺骗艺术家的艺术/43
幽默的东方朔/43
刘备看相/47
机灵的诸葛恪/48
裴佶姑父的德行/48
韩愈论聪明过人/49
聪明的戏子——敬新磨/50
张融与赵匡胤/50
苏东坡评十分诗/51
儒生与欧阳修/51

苏东坡与老道/53
但丁论贫穷和富有/54
解缙与员外/54
祝枝山与财主/55
米开朗琪罗与市长/56
徐渭的幽默/57
伊丽莎白女王与培根/57
泰戈尔与小姑娘/58
两朝领袖——钱谦益/59
拉·封丹与用人/59
郑板桥送贼/60
伏尔泰与牧师/60
富兰克林与仆人/61
纪晓岚的幽默故事/61
乔纳森·斯威夫特的幽默/62
约瑟夫二世与小客店主妇/62
歌德让路/63
莫扎特难倒老师/63
拿破仑消除差别/64
贝多芬的靴子病了/64
大教育家彼斯塔洛齐的幽默/64
库勒克补靴子/65
乔治·费多不要缺腿虾/65
威廉·亨利·哈里逊的聪明/65
威廉·休厄尔与女王/66
海涅的遗嘱/67

巴尔扎克判断笔迹/67
被误解的雨果/68
大仲马访问古堡/68
大仲马与服务员/69
大仲马与小仲马/70
林肯与将军/70
达尔文论迷人的猴子/71
乐善好施的萨克雷/71
罗伯特·勃朗宁的幽默/71
狄更斯虚构故事/72
阿道夫·门采尔说时间/73
俾斯麦与法官/73
斯宾塞的幽默/73
勃拉姆斯靠“祥云”脱身/74
马克·吐温的幽默故事/74
“老虎总理”——乔治·克列孟梭商人/75
科佩的诺言/76
爱迪生对衣着的态度/76
斯蒂文生与崇拜者/77
辜鸿铭论纳妾/77
柯南道尔与赶车人/77
伍磬昭赞袁世凯/78
特里斯坦·贝尔纳与乞丐/79
莱特兄弟的演讲/79
柯立芝夸人/80
毛姆售书/80

老丘吉尔的幽默/81
斯大林批准任命/81
爱因斯坦解释相对论/82
三句话不离本行的冯·卡门/82
鲁迅的幽默/83
罗斯福保密/83
巴顿将军喝刷锅水/84
作家与编辑的区别/84
幽默的卓别林/85
韩复榘的笑话/86
艾森豪威尔当句号/91
胡适胡说/91
马雅可夫斯基与造谣的人/92
徐悲鸿画马/92
周恩来妙答记者/93
布雷斯韦特与二流评论家/94
简·科克托拒绝谈论/94
库尔德·拉斯维茨的阅读趣味/94
王尔德的主意/95
海明威的决斗/95
老舍的广告/96
钱钟书的幽默/96
尼克松的幽默/97
基辛格的谦虚/97
老布什测智商/98

第三章　生活中的幽默故事

雷公的惩罚/99

戒赌/99

穿高跟鞋的“窍门”/100

投稿/100

爸爸帮儿子放风筝/100

以己度人/101

治疗失眠/101

像诸葛亮一样的妈妈/102

离群的羊/102

猎狐/103

汇报/103

擦鼻涕/104

幼儿园的小朋友/104

别以为我不懂/105

签字/105

回答问题/106

考试成绩/106

最高的山峰——二郎山/106

父与子/107

空调车，窗户打不开/107

伦理课/108

教授的风度/108

语文课/109

心不在焉/109
学汉语/110
头悬梁/111
一道乘法算术题/112
寡后/112
语文考试/113
作文课/113
假如我是太空人/114
辨认腿/114
灯亮了/114
历史课/115
考儿子/115
黄肚皮/116
老外懂中文/116
自习室的课桌/118
哥哥、弟弟/119
野餐/120
小顽童老师/124
愚人节/127
打牌的检查/135
成语/136
军队就是你们的家/137
蓄长发引发的抗议/137
刺杀训练/138
保护装备/138
家信/139

扔掉手里的枪/139

我在三个小时前就阵亡了/140

劣射手/140

祷告/141

“厕所”与教堂/142

鹦鹉与冻鸡/142

回信/143

护士的抗议/144

第一章　民间小人物的幽默故事

隐士田仲

古时候，齐国有个隐士叫田仲。一天，宋国人屈谷去见他，故意嘲弄道：“我听说先生远离人世，高风亮节，不依靠别人生活，令人钦佩。我会种葫芦，有一只大葫芦，坚硬如石，皮厚无腔，想送给您以表敬意。”

田仲说：“葫芦之所以可贵，是因为它可以盛放东西；而现在您这个葫芦，不能切开盛物，不能用来装酒，它毫无用处啊。”

屈谷说：“对呀，我是要把这无用的东西扔掉！可现在先生隐居此地，不依赖别人生活，这样对国家也毫无用处，这跟那坚硬的大葫芦有什么两样呢？”

秀才答题

古时候有个秀才应考，要答试题两道。

其一的题目是古文中的一句话——《昧昧我思之》。但秀才竟抄成《妹妹我思之》。

改卷官员看到这里，提笔批道：“哥哥你错了！”

另一道题是《父母论》。

秀才一开头就这样“论”道：“父，一物也，属天；母，一物也，属地……”

改卷官员看到这里，不禁笑了，批道：“天地无知，生此怪物！”

“头鸣”

古时候，有个秀才参加考试。

入场的时候，他把早已捉在手里的蝉放到自己的帽子里。考试的时候，这只蝉就不住声地叫起来。和这个秀才坐在一起的考生，听到蝉鸣，便忍不住笑出声来。因为在考场内笑是犯规的，于是考官把这个考生叫出去，问他为什么要笑。他说：“我听见旁边的那位秀才头巾内发出叫声，忍俊不禁，笑了。”主考官又把那个秀才叫来，非常生气，秀才大声地回答道：“我来考试之前，父亲让我把一只蝉放进帽子里，蝉在里面爬，我也很难受，但我认为这是父亲的命令，我怎么敢违抗？”

主考官问为什么要把蝉放在帽子里，秀才回答：“取头名（鸣）之意。”

店家白送厚礼

从前，有个商人在镇上新开了一个店铺卖酒。为了标榜酒美，招揽顾客，特奉厚礼请来四个秀才，准备写一个招牌，挂在酒店前。

甲秀才挥笔写出“此处有好酒出售”七个大字，店家见了，点头赞许。

乙秀才指出："七个字过于累赘，应该把'此处'两字删去。"店家细想，也觉得有道理。

丙秀才又说："'有好酒出售'中'有'字多余，删去便简约。"店家也觉得干脆。

可是丁秀才又振振有词道："酒好与酒坏，顾客尝后自有评价，'好'字宜删。"店家没有反对。

这时，甲秀才生气地说："删来删去干脆留一'酒'字更为夺目。"店家欣然接受。

乙秀才又有意见："卖酒嘛，不必写招牌，路人见了酒瓮自然知道。"店家又点头称是。

于是，秀才们告退，商人白白送了厚礼。

讲忌讳的财主

有个姓朱的财主，说话最讲忌讳，还爱文绉绉说话。那天，他叮嘱新来的小猪倌说："记住我家的规矩，我姓朱，不准你叫我时带'朱'(猪)字，叫'老爷'或'自家老爷'就行了。平时说话要文雅一点，不准说粗言俚语。例如，吃饭要说'用餐'；睡觉要说'就寝'；生病要说'患疾'；病好了要说'康复'；死了要说'逝世'，但犯人被砍头就不能这样叫，而要说成'处决'……"

过了几天，一头猪得了猪瘟。小猪倌急忙跑去对财主说："禀老爷，有一个'自家老爷''患疾'了，叫它'用餐'它不'用餐'，叫它'就寝'它不'就寝'，恐怕已经很难'康复'了，不如把它'处决'了吧！"

财主一听，立刻气得半天说不出话来。

小猪倌接着对财主说：“老爷要是不想‘处决’这个‘自家老爷’，让它自己‘逝世’也好！”

摆架子的后果

从前有个秀才，自吹能识九万九千九百个字。一天，村里有个不识字的渔夫来求他读封家信，秀才见他一副寒酸相，料想不会有什么酬谢，便说：“我的才学一字值千金，你带来了多少钱？”

渔夫给气走了。

这一年，村里洪水泛滥。秀才家水淹门楣，惊恐万分！忽见渔夫驾船经过，赶忙大声呼救。渔夫笑道：“我不是不想救你，但你的才学一字千‘斤’，我的小船载不起九千九百九十万‘斤’。”

聪明的旅行者

一个远游旅行者骑着马赶路时，天下起雨来，毫无准备的旅行者浑身变得又湿又冷。后来他终于来到了县城的一家小客店。客店里挤满了避雨、取暖的人，使他无法接近火。这时他灵机一动把客店老板喊出来说：“拿点鱼去喂我的马。”

老板说：“马并不吃鱼呀！”

旅行者认真地说：“不要紧，你按吩咐去做。”

客店中的人听到这奇怪的吩咐，都纷纷跑去看马吃鱼。这样整个房里只剩下了旅行者一个人，他在火旁坐了下来，暖和自

己。

当客店老板和那一群人回来时，老板说："您的马不吃鱼。"

旅行者笑着答道："不要紧，把鱼放在桌子上，等我把衣服烤干了，我自己来吃。"

诵经千遍之后

传说道教的祖师太上老君曾说过：诵经千遍，就能腾云驾雾升天。

后来，有个道士特别相信这种说法，于是不分昼夜地念经。当念到九百九十九遍时，他想：马上到一千遍了，可以先向亲友告别，然后洗澡、换衣服，高高兴兴地登上天坛，等着腾云升天了。于是他按此准备，在天坛上又念了一遍经，整整凑够一千遍。

经是念足了一千遍，只等云升雾起，就能成仙了。然而，从早上等到夜晚，天上连一片云彩也没来。道士非常失望，垂头丧气地回到家里，指着太上老君塑像叹着气说道："我是全心全意地相信你，供奉你，谁知道你这么大年纪了，竟然也会说谎骗人！"

皇帝弹琴

传说古时候有个皇帝最爱弹琴，可他弹得非常难听，只要他一弹琴，大伙儿都逃得远远的。皇帝找遍整个宫廷，竟找不到一个愿意听自己弹琴的知音。

他传下圣旨，从监牢里拉来一个死囚。皇帝对他说："只要你说我弹的琴好听，我就免你一死。"

死囚心想：这还不简单吗？于是，他就答应听皇帝弹琴。

然而，皇帝刚弹了不久，死囚就双手捂着耳朵大叫：“陛下，不要弹了，我甘愿一死！”

边吃饭边骂人的齐人

春秋时期，齐国有一个喜欢边吃东西边骂人的人，每次吃饭必然会骂他的仆人，最坏的时候，他还扔掉手中餐具来打仆人，没有哪一天不是这样的。家里的客人很讨厌他，但是又不好意思说出来。临走的时候，客人送给主人一只狗，并说：“这只狗能够驱赶禽兽，送给你不成敬意。”客人走了二十里后，主人开始吃饭，并且叫狗一起来吃，但是狗一边吃一边叫。主人在上面骂，狗在下面叫，每次吃饭都是这样。

有一天，仆人实在忍不住，笑了出来。齐人这才知道自己受了愚弄，送狗给他的人根本就是存心嘲讽他的。

高山打鼓，闻声百里

清朝乾隆年间，有位科场失意而又自命不凡的秀才，自以为很有学问：诸子百家无所不通，天文地理无所不晓。可是他写起文章来，就是不被人赏识。因此，他心里很不服气。

有一次，他作了一篇文章，请村里的一位当过翰林的名儒批点。

那翰林是个很风趣的人，看了他的文章后，只在卷后批了“高山打鼓，闻声百里”八个字。那儒生见这溢美之词，高兴万分，沾沾自喜地把批语给同村儒生们传看。同村儒生们看了，都感到意外。因为文章并不佳，可翰林为什么给他那么好的评语呢？

于是，大家就一起去问那位名儒：“尊师，‘高山打鼓，闻声百里’是什么意思？”

那翰林笑笑说：“你们仔细想想，打鼓发出的声响是怎样的？”

“打鼓发出的声音是扑通、扑通的。”一个儒生不假思索地回答。

那翰林又笑笑说：“扑通、扑通，也可念作不通、不通。”

尚书张建封与监军使的约定

崔膺性情狂放轻率，尚书张建封却很欣赏他的才能，召他为门客。崔膺跟随张建封到军营里去，到了夜里，他大喊大叫，惊骇全军。士兵们都很愤怒，要吃他的肉，张建封把他藏了起来。

第二天设宴，席间，监军使说：“本人同尚书约定，谁有请求，彼此不得拒绝。”

张建封说：“好的。”

监军使说：“本人请求您交出崔膺。”

张建封说：“遵约。”

过了一会儿，张建封也提出请求说：“本人请求不交出崔膺。”

在座的人都笑了。就这样，崔膺得以幸免。

一家人的春联

传说古时候，有一十分迷信的人家，凡事都要讨个吉利。年三十晚上，父亲和两个儿子商议说："堂上要贴一副新春联，现在咱们每人说一句吉利话，凑出一副春联来。"

两个儿子点头称是。

父亲先捋着胡须念道："今年好！"

大儿子想了想也念道："倒霉少。"

二儿子接着又念道："不得打官司！"

念完了，大家称赞了一番，就由父亲执笔，写了一条没加标点的长幅，贴在堂屋的正中。

第二天，亲戚们来拜年。一进门，看见那副春联，便大声念道："今年好倒霉，少不得打官司！"

张进士教蔡府子弟跑步

一次，北宋奸相蔡京请张进士教孙子读书。张进士来了之后，既不教读书，又不教写文章，只是教孩子们学跑步。

起初孩子们贪玩，还照着去做，可几天下来就不耐烦了，便向老师请求学功课。

张进士摇头说："不必了，还是继续练跑步吧！"

孩子们问："为什么？"

张进士说："你的祖父、父亲都是又奸诈又骄奢，把老百姓害苦了，百姓总有一天要找他们来算账。你们是孩子，没有过错，要是跑得快，也许还能保住性命。此外，可没有别的办法了。"

伶人说“彻底清”酒

宋时，苏州有个姓王的行政长官，刚上任还比较清廉，日子一久就见钱眼开，浑了。他把自酿的酒叫作“彻底清”。

一次宴会，有位艺人端来一杯酒说：“这酒名叫‘彻底清’。”说完故意把杯盖揭开，另一位艺人见是杯浑酒，便嘲笑他说：“‘彻底清’怎么这么浑啊！”

艺人瞟了一眼坐在席上的王长官，抬高声音答道：“本来是‘彻底清’的，被钱搅浑了！”

魏国贞骂财主

有一天，魏国贞从一家茶馆门前经过，见几个财主喝了茶互相推托着不肯给茶钱，就走进去对他们说：“喂，别你推我、我推你了。我讲个故事给你们听吧，听了看还肯不肯给钱。”

从前有两父子，家里很有钱。儿子成亲后，就分家了。

过了没几年，老子的钱渐渐花得差不多了，儿子却越来越富了。

一天，老子去找儿子要钱花，儿子不肯，老子只得哀求儿子道：“这样好不好，我卖一辈给你吧！”

儿子听说卖辈，就高兴地给了老子一笔钱，买了一辈。从此，他们就以兄弟相称了。老子是个挥金如土、用钱像流水的人，没过多久，老子的钱又花光了。只好又跑来对儿子说：“我再卖一辈给你吧！”于是，儿子又给了老子一笔钱。

从此，他们之间老子就成了儿子，儿子就成了老子。

后来，族长把父子找了去，打了儿子两耳光，骂道：“你这乱宗乱族的逆子，这成体统吗？”

儿子不服气地说：“这有什么？”

族长喝道：“难道有钱就可以买老子吗？像你这样买，那有钱的人不要买上九百个老子吗？”

儿子满不在乎地说：“你有钱也去买嘛，怎么管我呢？”

族长无可奈何地说：“那好吧，你既然不肯给老子出钱，那就把钱留着去买老子吧！”

听到这里，有个财主蓦地叫了起来：“哎呀！我们又遭魏国贞骂了！”等财主们醒悟过来，魏国贞早就走出了茶馆。

一窍不通

有一个地主，养了一个独生子。这个独生子读书非常笨，连着请了好几个老师都不行，地主就花大价钱，从外地请了一个很有名的先生做儿子的老师。

但是，这个独生子每天就知道吃喝玩乐，根本不去读书，这位先生即使再有本事，也是白费力气，先生很是生气。一天，地主问先生："我的独生子最近读书有没有长进？"先生回答："七窍通了六窍。"地主听了，以为儿子大有进步，非常高兴，逢人便讲。

大家都在暗地里嘲笑地主，这时，一个邻居对地主说："七窍通了六窍，这叫一窍不通，人家是在说你的儿子什么都不懂，你怎么连这个都不知道啊。"地主顿时目瞪口呆。

瞧不起手艺人的退职小官

从前，有一个退职小官，靠教书为生，他瞧不起手艺人。一年端午节，一个学生请他去吃饭。学生家里正请裁缝、木匠两位师傅干活，这个学生的父亲就请他们三个同桌。那先生想：这两个"赤脚佬"，沾了我的光，要奚落他们一下。

吃饭时，他便说道："今天东家请客，我们同坐一桌，大家来点诗文，以助酒兴如何？"

两个师傅回答："好吧。"

他得意地开口道："一点起，高、官、客，鸟字旁，鸡、鹅、鸭，无我先生高官客，尔等怎吃鸡鹅鸭？"

裁缝师傅听了，接着道："雨字下，霜、雪、露，衣字旁，衫、袄、裤，我不制缝衫袄裤，先生怎御霜雪露？"

木匠师傅也慢悠悠地接口道："一撇起，先、生、牛，木字旁，格、栅、楼，木匠不建格栅楼，何处关你先生牛！"

那小官听了，气急脸红，无言可对。

念错的对联

从前有个财主，他打算开个酒店，就出了三两银子征求新店对联。

有个秀才去应征。财主说："对联要称赞我的酒好、醋酸、猪肥、人丁旺，店里又没有老鼠。"

那个秀才大笔一挥，很快就写成了。

上联是：养猪大如山，老鼠头头死。

下联是：酿酒缸缸好，造醋坛坛酸。

横批是：人多、病少、财富。

秀才写完之后，却摇头晃脑地把对联念成：

“养猪大如山老鼠，头头死。”

“酿酒缸缸好造醋，坛坛酸。”

“人多病，少财富。”

爱面子的秀才与小偷

有个读书人，家里很穷，却很爱面子。

有天晚上，小偷去他家偷盗。他家里空空如也，什么也没有。小偷骂道：“又碰到了穷鬼!”骂完就走了。

这读书人听见了，就从床头摸出仅有的几文钱，追上小偷，对他说：“对不起，你来得真不巧，这几文钱请拿去。在别人面前，请千万包涵。”

毕矮挖苦周道胜

明末清初，浙江兰溪壁峰有个聪明人，叫毕矮，他常与财主作对。

一天，财主周道胜又在茶馆说毕矮的坏话。毕矮恰巧从此路过，就走进去，说：“今天我遇到一件怪事。”

周道胜忙问：“毕老兄，什么怪事呀?”

毕矮说：“我邻居家的一只狗，近来专门偷吃书画。今天，邻居想把家里收藏的书画都拿出来翻晒，才发现竟已全被狗吃了。主人杀死那狗，剖开它的肚子一看，你猜里面是些什么?嘀，一肚子的坏话（画)!”

茶客们明白毕矮又在挖苦周道胜，都禁不住大笑起来。

抖动的叫花子

清人黄学乾从小生长在青浦富贵之家，后来花钱捐了个五品官。他不知民间疾苦，更不懂人情世故。

一个冬天，黄学乾看见一个穿着单薄的叫花子在不停地抖，便问左右家仆："那人的身体为什么总是抖动不停？"

家仆答道："他是因为冷才抖的。"

黄学乾又问："抖动了就不冷了吗？"

左右家仆掩嘴暗笑。

太守也惧内

从前，有个小吏很怕妻子，一天被妻子抓破了脸皮，隔日上堂时，太守问他："你面孔怎么弄破了？"

小吏支支吾吾地说："昨晚乘凉，葡萄架倒下来，不小心挂破了脸皮。"

太守并不相信，说："这一定是你妻子抓破的。这还了得，快快把这婆娘给我捉拿上堂来。"

不料，太守夫人在后堂听见，满脸怒气地冲上堂来。太守一见，慌了手脚，连忙对小吏说："你暂且退下去吧，我内衙的葡萄架也要倒了。"

吹牛

一个四川秀才和一个杭州秀才一起到京城参加考试，但都没

有考中。在回家的路上，两人相约到武昌游玩。有一天，两人在一家饭馆吃饭，酒喝多了，各自夸耀起家乡的名胜来，谁也不让谁。

四川秀才说：“四川是天府之国，我们有天下最高的山——峨眉山。古人说：‘峨眉山，峨眉山，离天只有三尺三。’还有什么比它更高的东西？”

杭州秀才一点也不示弱，说：“上有天堂，下有苏杭。要说高的东西，还得说我们杭州的。有诗为证：‘六和塔，六和塔，离天只有一尺八。’它比峨眉山还高一尺五呢！”两个秀才互不服气，争得面红耳赤。这时，饭店的伙计来给他们上菜，听了他们的争论，笑着说：“你们的峨眉山、六和塔都不算高。”两个秀才一愣，一起问道：“那你说什么最高？”那位伙计把擦桌布往身后一甩，说：“黄鹤楼，黄鹤楼，钻进天宫五尺六。当然是我们黄鹤楼最高了！”两个秀才听了，都傻了眼。

看重衣着的主人

这天毛拉去赴宴，因为穿得普普通通，所以没有人爱搭理他，主人的态度也很冷漠。毛拉偷偷地溜回家，换上一身华贵的礼服，又返回来。这次主人和宾客待他十分热情，并请他坐上首席。

毛拉面前摆满了珍馐美味，他不慌不忙地把袖口一扬，凑近食物说道：“请随便吃点吧！”

宾主见了无不诧异，纷纷问道：“你这是干什么呀？”

毛拉微笑道：“今日盛宴，诸位只看重衣着华丽之人，想必是要请衣服用餐了。”

听父亲话的结果

阿凡提去田里种地，父亲叫住他嘱咐道：“孩子，收工时把坎土曼（一种农具）和茶壶找一个地方藏起来，别让人给偷去。”

晚上收工时，阿凡提的确按父亲的嘱咐把坎土曼和茶壶藏在了一棵树下。

回到村里，他看见父亲和几个人坐在一起聊天。他来到父亲面前说：“爸爸，我按照您的意思把坎土曼和茶壶藏在了我们家那块田里的大核桃树下了，这回谁也偷不去了。”

父亲回到家生气地揪着阿凡提的耳朵说：“把藏起来的东西

当着众人面大声说出来，这样不就让别人都知道了吗？”

阿凡提向父亲保证今后再也不这样了，这才避过了父亲的一顿痛打。

第二天，他又去种地，发现核桃树下的坎土曼和茶壶不见了，他急忙回到村里打算告诉父亲。

这时父亲又在和那些人坐在一起聊得火热，他轻轻走到父亲跟前，把嘴紧紧贴到父亲的耳朵上，悄声说道：“爸爸，爸爸，坎土曼和茶壶被人偷去了。”

阿凡提与财主

有个财主在集市上买了一箱细瓷器，他喊道：“哪位给我背回家去，我就教给他三句‘至理名言’。”

打短工的人都不愿理他，阿凡提却动了心，他想：钱在哪儿都挣得到，可“至理名言”却是不容易听到的。于是阿凡提背起财主的箱子跟他走了。

走着，走着，阿凡提请财主教他“至理名言”。财主说：“好，你听着！要是有人对你说：肚子饿着比饱好，你可千万别相信呀！”

“妙，妙极了！”阿凡提说，“那么，第二句呢？”

“要是有人对你说：徒步走路比骑马强，你可绝对别相信呀！”

“对，再对不过了！”阿凡提说，“多么不容易听到的‘至理名言’呀！那第三句呢？”

“你听着，”财主说，“要是有人对你说：世界上还有比你傻的短工，你可怎么也别相信呀！”

阿凡提听完，猛地把手里的箱子摔在地上，对财主说："要是有人对你说，箱子里的细瓷器没有摔碎，你可真不能相信呀！"

一头獐子的价格

阿凡提猎到一头獐子，想卖给伯克，在门口碰到伯克的表兄弟哈尔克。哈尔克说："今天伯克正想要一头獐子，你可以卖一个好价钱。不过，除非你答应把卖到的价钱分一半给我，否则我不让你进去。"

阿凡提说："只要你哈尔克愿意接受，我高兴全部奉送。"

阿凡提进去了，伯克看了獐子后非常高兴，说："要多少钱，说吧！"

阿凡提说："你买我的獐子，我要价一百板屁股。"

伯克收了獐子，说："好吧，我们来结账吧！"

阿凡提说："是这样的，哈尔克先生要我把獐子售价的一半给他才让我进门，我答应全部奉送给他。现在，请你把价钱如数付给他吧！"

巧对

一个大热天，巴依和家人从阿凡提的门口经过，向阿凡提讨水喝。

阿凡提说："很对不起，我这里没有供你们喝的水了。"

又来了两个牧人，也到阿凡提家里讨水喝。阿凡提立即拿水给他们喝了。

巴依生气了，说："阿凡提，你刚才说没有供我们喝的水了，可你却有水给他们喝！"

阿凡提说："我一点也没有骗你。刚才我说得明白，没有供你们喝的水。但我从来也没有说，他们喝的水没有啊！"

阿凡提剃头

一个财主到阿凡提的理发店里剃头，总是不给钱。阿凡提很生气，想整他一下。一天，那个财主又来理发了。阿凡提先给他剃了头，在给他刮脸的时候，问道："尊敬的先生，眉毛要不要？"

"当然要，还用问吗！"财主闭着眼，傲慢地回答。

阿凡提"刷刷"几刀，把财主的两道眉毛都刮了下来，送到他手里，说："您要的眉毛，请拿好。"

财主气得说不出话，谁叫自己说“要”呢？

“尊敬的先生，胡子要不要？”阿凡提又问。

“不要！不要！”财主连忙说。

阿凡提“刷刷”又几刀，把财主的胡子刮了下来，甩在地上说：“不要就给你刮掉！”

财主对着镜子一看，自己的脑袋和脸都刮得光光的，看起来就像个大鸭蛋，气得他大骂起来。

阿凡提解释说：“尊敬的先生，我可是先问过你，遵照你的吩咐剃的呀！”

阿凡提找兔子

阿凡提背了一笼兔子到集市上去卖。走过巴依阿拉汉的房子时，一只兔子蹦了出来，跳进院子，混进阿拉汉的兔群里面去了。阿凡提进去找这只兔子。

阿拉汉说："院子里的兔子都是我的，并没有什么兔子混进来。"

阿凡提说："没有我的就好。我的兔子发了瘟病。"

阿拉汉说："那得看一看，说不定混进来了。你的兔子你认得准吗？你得把它找出来，别把兔瘟传到我这儿。"

阿凡提随手抓了一只，说："就是这只。"

阿拉汉仔细看了一会儿，问道："这不像有什么病的兔子，你没认错吗？"

阿凡提说："没错。你莫看它外表上好像没有什么病，可里面心肝都是黑的。"

比力气

有人吹嘘说："我一只手能把一千斤重的石头轻而易举地拿起来，从城墙外面扔到城里头。"

阿凡提给他一块手帕，说："咱们比赛一下，谁的力气大。这是条不到二两的小手帕，请你从院墙内扔到院墙外头。"那人一扔，手帕仍然落在了院内。阿凡提说："我不仅能把手帕扔过墙去，还能同时扔过去一块小石头。"说着，从地上捡起鸡蛋大的一块石头包在手帕里，一下子就扔过了墙头。

"怎么样，认输了吧！"

"大力士"无话可说。

阿凡提与国王

国王问阿凡提："很久以来，我就想飞上天去，周游周游，开开眼界。你有没有什么高招妙法，帮助我达到目的？"

阿凡提说："把您常骑的那匹枣红马给我，我骑上它到遥远的高山顶上去采一种药草来。马吃下这种药草，就会长出翅膀。那时候，您骑上它，一切都会如愿以偿！不过，往来得一年时间。"

国王立即赏给阿凡提一褡裢金银。阿凡提骑上国王的马，一溜烟似的回到了家中，立刻把马杀了。

快满一年时，阿凡提来到皇宫。国王满脸堆笑地问道："阿凡提，只差三天，就满一年。你看我的马能不能长出翅膀来？"

阿凡提说："陛下，您的马已经长出翅膀来啦！"

国王欢喜得从宝座上站起来，说："那你今天为什么没给我带来？"

阿凡提假装难过地说："我倒是带来啦，可是走到半路上您的马拍打拍打翅膀，四蹄腾空而起，飞上天啦！"

阿凡提折磨驴子

有一次下雨，阿凡提的驴子陷在泥泞的道路上怎么也拉不起来。阿凡提很是生气，拿起鞭子就抽打驴子，边打边骂："懒东西，起来走吧，不然我要把你的腰打断。"

这时国王走过来了。他见阿凡提折磨驴子，就把阿凡提按在地上打了十棍子。

等他打完后，阿凡提连忙爬起来向驴子鞠躬说：“啊！驴子阁下，我不知道你是国王的同胞兄弟。”

爱听故事的酋长

从前，有一个酋长特别爱听故事。一天，他大宴宾客。在他的再三请求下，一位外地客人讲了一个有趣的故事。

这位客人在城里遇见过一个自命不凡的人。客人对他说：“请你猜猜我口袋里到底放了些什么？要是你猜到了，我就把这些鸡蛋的一半送给你；要是你能猜出鸡蛋的个数，我就把这十个鸡蛋全给你。”

那人想了半天，说：“朋友，我虽说不笨，但不可能事事皆知。我猜不出。”

客人说：“再猜猜，这东西外面白，里面黄。”

“猜到了！”那人大声说，“那一定是一堆白萝卜，中间藏了一个土豆。”

听到这里，客人们都笑了，那个酋长更是大笑不止。最后他问道：“那真是个傻瓜。可尊敬的朋友，现在请你告诉我们，你的口袋里到底放了些什么？”

改变逗号的标语

在抗日战争时期，日本侵略者占领我国东北地区后，经常到老百姓家里去抢粮食。老百姓对他们恨之入骨，经常把粮食偷偷藏起来，然后找机会送给八路军。

到了这年，又快到粮食收割的时候了，日本人担心老百姓把粮食卖给八路军，便派汉奸在各个村子里都贴上标语，上面写着：粮食不卖给八路军。他们认为这样就可以放心了。等到粮食收割完了以后，汉奸们带着日本人去村子里抢百姓的粮食。

老百姓却都说：粮食没了。

汉奸非常气恼，说："标语上不是写了字吗？你们不知道是什么意思吗？"

老百姓说："我们是不知道什么意思，你念给我们听听。"

汉奸指着一条标语正要念时，却傻眼了。原来，那句话被人从中间加了个逗号，变成了：粮食不卖，给八路军。

王老汉与小偷

从前有个王老汉，有一天，他从集市上买了一头毛驴。在牵驴回家的路上，有两个小偷悄悄地跟上来，一个解开牵驴的绳子，套在另一个小偷的脖子上，然后把毛驴牵走了。

回到家里，王老汉回头一看，吓了一跳：驴不见了，后边套的却是个年轻人。

"我的毛驴呢？"王老汉吃惊地问。

"是这么回事。"小偷回答道，"因为我不孝顺父母，神仙就把我变成了毛驴，遇上你这样的好心人买了我，神仙就又把我变成了人。"

"走吧！"王老汉一边解绳子一边说，"以后再也不能不孝顺父母了，不然还会变成驴的。"

次日，王老汉又来到集上，意外地发现了他昨天被偷走的那头驴，一个人正在叫卖。

王老汉走过去，对着驴的长耳朵大声说："年轻人，这回可没有人救你了！"

用两次的空城计

话说从前，有个特别迷恋三国故事的人，被大伙儿称为"三国迷"。

一天，村里来了个唱《空城计》的戏班子。"三国迷"实在想看，可是家里没人看门怎么办呢？被盗不是得不偿失吗？他在堂屋里来回踱着苦思冥想，猛地，他一拍大腿："真是聪明一世，糊涂一时，放着孔明的计策为何不用？"于是，他敞开大门，把灯笼高挑在大门口，书案上也是明灯烛火的。然后把袖子一甩，就去看戏了。原来，他用的也是“空城计”啊！

看完戏回来，他把家里的东西一清点，线没少一条，针也没短一根。于是他赞不绝口地说：“孔明真神人也！”自此，对诸葛孔明更加佩服，敬若神明。

隔了不久，村里又唱戏。这回“三国迷”又点起蜡烛灯笼，敞开大门，跑去看戏，他又用上“空城计”了。

可是，他这次看完回来一看，不禁放声大哭，原来连家里的大门都被小偷卸掉了。他气得大骂诸葛亮大蠢货，在书上见到孔明的名字，先是一墨杠，然后就挖掉，一本好生生的《三国演义》，被他挖得千疮百孔。

这一天，“三国迷”又在骂孔明，还在书中挖诸葛亮的名字，偏巧让一个说“三国”的先生看见了，就问他为什么这样做。“三国迷”把家里被盗的事原原本本一说，那个先生捧着肚子大笑道：“孔明哪里是大蠢货，大蠢货正是你自己啊。”

“三国迷”问：“咋？”

先生说：“你再翻翻《三国演义》，要是找到孔明两次用‘空城计’，我认你被偷的账！”

“三国迷”听了，不知咋回答。

观棋不语的书呆子

从前有个书呆子。一天，他邻居家失火，邻居大嫂一边救火，一边对他说：“好兄弟，你快去帮我找找你大哥，就说家里失火了！”

书呆子整整衣冠，踱着方步出门去了。走了不远，看见邻居大哥正在下棋。他连忙一声不响地走了过去，专心看下棋。

过了大半天，一盘棋下完了，邻居见到了他，忙问：“兄弟，找我有事吗？”

“哦！小弟有一事相告——仁兄家中失火了。”

邻居听了，又惊又气：“你怎么不早说呢？”

书呆子作了一个揖，慢条斯理地说：“仁兄息怒，岂不闻古语云‘观棋不语真君子’吗？”

慢性子与急性子

一个男人天生慢性子。有一次，他和朋友一同围着炉子烤火，看见朋友的衣裳角被烧着了，他却慢吞吞地说：“有件事情，我早就看见了，想说吧，怕你性急，不说吧，又怕你损失太大。你看，我到底是说好呢，还是不说好呢？”

朋友问他什么事。

这人想了半天，才慢慢地说：“是你的衣裳烧着了！”

朋友急忙跳起来，把火弄灭，愤怒地说：“你既然早就发现了，为什么不早说呢！”

这人听了，并不生气，仍然慢条斯理地回答：“我说你是个急性子嘛，果然一点不错。”

被推进池子的年轻人

有个富翁举办豪华家宴，一个年轻人参加了。席间，那个富翁指着大厅中央的池子对所有嘉宾说：“谁要是能从池子这头游到对岸，我就把我的女儿嫁给他，并把我一半的家产分给他。”

众人听了心里都痒痒的。可大家往池子里一看，都不禁倒抽了一口凉气。原来池子里的几条大鳄鱼正虎视眈眈地盯着岸上呢。一时间，大厅里寂静无声。

这时，只听得“扑通”一声，一个年轻人已经跳了下去，并拼命地在池子里游了起来。好在年轻人运气还不错，一眨眼工夫就游到对面并上了岸。

众人连忙跑过去向年轻人祝贺，并追问他为什么那么勇敢。

只见年轻人满脸怒气，上气不接下气地说：“我现在只想知道，刚才是谁把我推下池子的？”

酒鬼戒酒

有个老头酷爱饮酒，每天醉生梦死，沉溺于杯中之物。他的亲朋好友都劝他戒酒。老头却说：“我本来是要戒的，因为小儿出门未归，时时盼望，只好借酒浇愁了，儿子回来后一定戒酒。”

他的亲人朋友说：“你赌咒了，我们才敢相信。”

老头说：“如果儿子回来后，我还不戒酒，就让大酒缸把我压死，小酒杯把我噎死，让我跌在酒池内呛死，掉在酒海里淹死，罚我生为酒曲部的子民，死为酒糟丘的小鬼，在酒（九）泉之下，永世不得翻身。”

他的朋友问：“那你儿子到底去哪儿了？”

老头答道：“到杏花村给我买酒去了！”

酒鬼的幽默故事

西晋文人刘伶文思敏捷，性情散淡，其文风诙谐风趣，多针砭时弊之作，是故，他和同时代的嵇康等六人被誉为“竹林七贤”。他对酒更是有着非同寻常的嗜好，离开酒一天都过不了。出于对酒的“热爱”，他曾作《酒德颂》以抒怀，文章写得荡气回肠，似乎酒中藏有无穷的神奇和魅力。

妻子担心他的身体，经常把酒藏起来，但他每次都能找得到。有一次，他实在找不着了，就说好话向妻子讨酒喝，其妻见劝阻无效，一气之下把酒坛子给他砸了，并哭劝道：“官人喝酒太多了，这对身体没有好处，实在应该戒掉。”

刘伶一见酒坛子被砸，喝酒无望了，于是对妻子说：“夫人，你说得太对了，可是我实在控制不住自己，只有当着神灵的面发誓，我才能戒掉。”

妻子一见自己的劝说有了效果，就买来了酒肉，并布置好了敬神的香案，然后对刘伶说：“一切都准备好了，请您在神灵面前发誓吧!”

刘伶遂跪倒在神牌前，对天发誓说：“苍天生我刘伶，是靠酒来维持生命。一次饮一斗，饮五斗后才能头脑清醒。我妻子的话，乃妇人之见，千万不要听。”一边发誓，一边大口喝酒大块吃肉。

等刘伶发完誓，妻子走过来一看，他早就酩酊大醉，进入梦乡了。

三兄弟的故事

从前有弟兄三人，性格都非常倔强，谁也不服谁，因此常闹别扭。

一天，老大说：“我们是同胞兄弟，整天吵吵闹闹的，实在对不起死去的父母，兄弟几个也总是为此伤神惹气，还让别人白白看了笑话，真是太划不来了!”

两个弟弟都附和说：“对，对，兄弟之间，血浓于水，我们是最亲的亲人，应该互相帮助。”

大哥一拍大腿，说：“好！从今以后，我们就和睦相处，三人只能相互补台，不准彼此拆台，谁要是再故意拧着劲，就罚他请客!”

转天早晨，老大说，“你们知道吗？昨晚，街东头那口水井，让西头人给偷去了。”

“没——”老二刚要说：“没那事！”忽然想起昨天的商定，赶紧改口说：“没错儿！怨不得半夜我听街上‘稀里哗啦’一个劲地响，开始我还当是发大水，后来才听出是偷井的。”

老三把脖子一梗说：“纯粹胡诌哩！井会让人偷去？”

老大说：“你看，又闹别扭了！请客！”

老三只好回屋取钱。妻子问他怎么了，他便一五一十地说了。

老三的妻子听了前因后果，转了转眼珠，想出了一个好主意。她让老三赶紧到炕上躺着，并给他蒙上了被子。打扮整齐后，她就拿着请客的钱去了大哥的屋子。她对老大说：“大哥啊，你三弟回屋就闹肚子疼。可能是昨天吃了天上掉下来的馅饼，吃坏了肚子。”

老大听了，气愤地说：“别瞎说，弟媳怎么也胡诌起来。天上还能掉下馅饼来？没听说过！肯定是老三不想请客，让你撒泼赖账来了。”

“是啊，大哥，一开始我也不信哪，那天上掉的馅饼还能吃坏了肚子？结果，疼了一会儿，你三弟竟然生出了个小孩！不信你去看看，他现在正躺在床上坐月子呢。这不，我替他把请客的钱送来了。”老三的妻子一本正经地说道。

这时候，老二忍不住插嘴说：“弟媳怎么又胡说起来，男人哪有生孩子的？”

三弟媳说：“对，对！男人不会生孩子，也没有什么天上掉下来的馅饼。可同样也没有人偷过井不是？现在，大哥、二哥，你们也别闹别扭了，咱干脆谁也别请谁，两讫了吧！”

幽默的犹太人

从前，在一个乡村，有两个犹太人约瑟和亚克斯合伙经营着小酒铺。

这天，他们刚好卖完存货，便一起赶着车去城里进了一桶威士忌。在回家的路上，刮起了大风，天气渐渐冷起来，两个人就互相开玩笑说对方想喝威士忌取暖。但要真那样做可就是个严重的问题了，因为那桶酒可是他们一周的生活来源。可天气越来越冷，再不喝点儿酒，他们就会冻死在路上了。怎样才能喝到酒呢？

约瑟翻了翻口袋，找到了一个硬币，就对亚克斯说："给你一个硬币，从你那份酒里卖给我一点儿喝吧。"

冻得半死的亚克斯还没忘记自己是个生意人，回答道："既然你付钱，那我当然是要卖给你的。"于是，他舀了一杯酒给约瑟。约瑟喝了酒以后觉得暖和起来，而亚克斯的鼻子却因为冷而变得更青了。

亚克斯真嫉妒约瑟能那么幸运地找到救命的一个硬币。突然间，他碰到了口袋里约瑟刚给的硬币。"现在，这钱可是我的啦！"他自言自语道，"为什么我不能拿它买酒喝呢？"

于是他对约瑟说："约瑟，给你一个硬币，从你的那一份里给我倒点儿酒喝。"

约瑟应声道："有钱就行。"他给亚克斯舀了一杯酒，并收回了那一个硬币。

就这样，约瑟和亚克斯用那唯一的一个硬币互相买酒，你一杯我一杯地喝了一路。等他们回到酒铺时，那一桶酒已见底了，两个人也都喝得醉醺醺的了。这时他们都已意识到下周两人要喝西北风了，可天性乐观的两个好朋友一点儿也不沮丧。"真是个奇迹啊！"约瑟嚷道，"想想看，整整一桶威士忌才花了一个硬币！"

亚克斯也高兴地叫道："谁说不是呢？天底下恐怕只有咱俩能想出这么聪明的主意啦！"

第二章　历史名人的幽默故事

幽默的伊索

伊索曾当过奴隶。一次主人吩咐伊索宰一头羊，然后，用羊身上最可口的部位给他炒一盘菜。

过不多久，伊索给他端上一盘炒心和舌头。

第二天，主人又吩咐伊索，叫他用羊身上最不爽口的部位炒一盘菜。

过不多时，伊索端来的还是一盘炒心和舌头。

“这是怎么回事啊？”主人不解地问道。

“主人啊，”伊索语重心长地说，“如果心地正直、语言公道，这便是世上最美好的东西。但，若是用心险恶、语言龌龊，这便是所有的人都讨厌的。”

幽默的晏婴

春秋时期，齐国有个大臣叫晏婴，人们都尊称他“晏子”。晏子才识超人，口若悬河，在各诸侯国中也很有名气。因此，当时齐国的外交事务都由他主管。

一次，齐国国王派晏子出使楚国。当时，楚国比较强大，妄想称霸天下，而楚国国王又是个骄横傲慢的君主，像齐国这一类的弱小国家，他从不放在眼里。楚王听说晏子将要来访，心里并不高兴，连忙召集左右大臣商量对策，他说："齐王派晏子来访，我们要多加小心，别看那晏子身材矮小，可嘴巴挺厉害，要是晏子来了，我看先想个主意来捉弄他一番，让他瞧瞧咱们楚国的威风。"楚王的话刚说完，不少大臣便出起鬼点子来，只见楚王连连点头称好。

这天，晏子一班人马来到楚国国都郢城，马车在城门口停了老半天，也不见有人来开城门。过了一会儿，一个守城的卫士指着城墙上的一处洞口对晏子说："国王有令，今天不准开城门，我看大夫从这洞口进出就可以了。"晏子看了看那洞口，笑着说："这是狗洞，是狗进出的地方，只有出使狗国才从这狗洞口进出，而我是出使楚国，怎能从狗洞口进出呢！"卫士连忙将晏子的话报告楚王，楚王说："我原想取笑他的，反而被他取笑了。"

于是，楚王立即下令大开城门，迎接晏子进城。

偷生讲义的孔子

孔子被围困在陈国与蔡国之间，整整十天没有饭吃，有时甚至连野菜汤也吃不上，真是饿极了。

学生子路偷来了一只煮熟的小猪，孔子不问肉的来路，拿起来就吃；子路又抢了别人的衣服来换了酒，孔子也不问酒的来路，端起来就喝。

可是，等到鲁哀公来迎接孔子时，他却摆出正人君子的样子，席子摆不正不坐，肉类割不整齐不吃。

子路便问：“先生为什么现在与在陈、蔡受困时不一样了呀？”

孔子答道：“以前我那样做是为了‘偷生’，今天我这样做是为了‘讲义’呀！”

幽默的艾子

齐国营丘有个人，虽然学识浅陋，却总喜欢跟人家论辩。一天，他问艾子：“车篷下面和骆驼的颈项上都挂着铃铛，这是为什么呢？”

艾子说：“马车和骆驼都是庞大的东西。它们在夜间行走，要是不挂铃铛，狭路相逢时就容易相撞，铃声可以提醒对方早做准备，及时避让。”

营丘人又问：“这样说，楼阙上面挂着铃铛，难道也是为了叫人准备让路的吗？”

艾子暗笑他无知，耐心地解释说：“鸟雀喜欢在高处做巢，而鸟粪很脏。楼阙上挂上铃铛，风一吹铃铛就响起来，鸟雀就给吓散了。这铃铛是为了防止鸟雀在楼阙上做巢啊！”

营丘人继续追问：“老鹰和鹞子飞得很高，它们的尾巴上也没有挂铃铛，可怎么没有鸟雀到它们的尾巴上去做巢呢？”

艾子大笑，说：“你这个人呀，太不通事理了！如果老鹰和鹞子的尾巴上绑着铃铛，它们捉鸟雀时一不小心那绑铃铛的绳子就会缠在树枝上。假使它们再一扑棱翅膀，铃铛就会‘丁零当啷’地响起来，猎人就可以寻声找到它们，那不是把命都搭进去了吗？你怎么会想到要它们为了防止鸟雀来尾巴上做巢而挂铃铛呢？”

营丘人仍死缠烂打，道：“我曾经见过送丧的挽郎，手上摇着铃，嘴里唱着歌，他难道就不怕绑铃铛的绳子会缠在树枝上吗？”

艾子气极了，于是没好气地说：“那挽郎是给死人开路的，就因为这个死人生前专门喜欢跟人家瞎争论，所以才不顾自己的安危，摇摇铃让他乐一乐啊！”

禽滑厘与老妇

古时候，有个叫田巴的人特别善于辩论。一次，他的弟子禽滑厘路遇一位老妇，老妇作礼问道：“您不是田巴的弟子嘛，一定像田巴一样善辩，老妇有个疑问，想向您请教。”

禽滑厘说：“您说吧。”

老妇说：“马鬃生向上而短，马尾生向下而长，这是什么原因啊？”

禽滑厘笑道：“这样简单的事还不知道？马鬃向上翘起，逆势就要短，马尾下垂，顺势就会长。”

老妇又说：“但是人的头发也向上翘起，属逆势，为什么会长呢？胡须趋下垂，属顺势，为什么又会短呢？”

禽滑厘听了，竟一时回答不上来。

怎样才能获得知识

一个青年问苏格拉底：“怎样才能获得知识？”

苏格拉底将这个青年带到海边，冷不丁将他的头摁在海水里，年轻人呛了好几口海水。

苏格拉底哈哈大笑着问道：“你刚才最大的愿望是什么？”

“空气，当然是呼吸新鲜空气！”青年人余怒未消地说道。

“对！做学问就得有这股子劲。”苏格拉底说。

苏格拉底与批评家

一次，古希腊哲学家苏格拉底与一个秃头的批评家相遇了。批评家一见面就对苏格拉底进行攻击谩骂。苏格拉底一声不吭。批评家余怒未消地问：“你还有什么话要说？”

苏格拉底说：“没有，我只是十分羡慕你。”

批评家一脸疑惑地问：“你羡慕我什么？”

苏格拉底说："羡慕你的头发真聪明，早早就离开了你的脑袋。"

闭嘴与演讲

有一个年轻人去向苏格拉底学习演讲才能。为了表现自己的口才，年轻人滔滔不绝地讲了许多话。苏格拉底要求他缴纳双倍的学费。

那个年轻人惊诧不已，问道："为什么要加倍呢？"

苏格拉底说："因为我得教你两门功课：一门是学会闭嘴，另外一门才是学会演讲。"

第欧根尼与亚历山大

古希腊犬儒派哲学家第欧根尼时常躺在一个大酒桶里沉思默想。

这一天，威震欧亚的亚历山大大帝慕名来到科林特市拜访第欧根尼，第欧根尼却仍躺在木桶中不理不睬。

亚历山大大帝说："你有什么愿望尽管讲，我可以满足你的一切要求。"

第欧根尼向上翻了翻白眼，说："我只希望你让到一边，不要挡住了我的阳光。"

亚历山大大帝感叹道："我若不是亚历山大的话，就做第欧根尼。"

庄子与监河侯

庄周家的日子过得很贫穷。一天，因家里实在揭不开锅了，便向监河侯借粮。监河侯说："行，我很快就会得到封地上的赋税，到那时，我借给您三百镒黄金，好吗?"

庄周愤愤地说："我昨天在路上听见大呼救命的声音，一看，原来车辙里有一条快要干死的鲋鱼。我便问：'你叫什么呀?'鲋鱼答道：'我是东海的大臣，您能给我一升水救救我吗?'我说：'行。我将到南边去拜访吴越的大王，请他发西江的大水来迎接您，好吗?'鲋鱼气愤地说：'我失去了经常相伴的水，才会落到这样的险境。我只要得到一升水就可以活命，可您却说这样不着边际的话，还不如早些到干鱼市场上去找我呢!'"

公孙龙的困惑

公孙龙好吹牛。一次见到赵文王，他又吹牛说连钓了数只鳖。赵文王说：“南海之鳖，我没有见过，我只想把我在我们赵国见过的事讲给您听听。我到过镇阳，那地方有两个小孩，一个叫车里，一个叫左伯。一次，他们在渤海边玩耍，有一群大鹏飞来，车里就到海中捉大鹏，一伸手就捉到了。渤海最深的地方也才刚没过车里的小腿。没有什么东西放大鹏，车里就随手把左伯的手巾拿过来装大鹏。左伯大怒，与车里争斗起来，两人打斗了很久。车里的母亲看见后，就把车里拖回去。左伯举起太行山掷向车里，结果掷到了车里母亲的眼中。车里母亲只觉得眼睛暗了一暗，好像吹进了一粒灰尘，就用手揉了揉，向西北一弹。太行山因此中断，她所弹出的石头就成了现在的恒山，您不是也看到过吗？”

公孙龙听后顷刻间就泄了气，只得作揖告退。他的弟子说：

“嘻，先生一向以大话来炫耀于人，怎么会因为大话而感到困惑呢?”

欺骗艺术家的艺术

一次，古希腊艺术家卓伏柯瑟夫画了一串葡萄，逼真极了，引来了四面八方的飞鸟争相啄食。

另一个艺术家巴拉西说：“我力求超过你!”不久，他就把自己的画拿到卓伏柯瑟夫面前。卓伏柯瑟夫着急地喊道：“快点拿开画上的布帘，我想看看你的画!”

“看吧！我画的就是布帘呀!”

“你超过了我!”卓伏柯瑟夫说，“我欺骗的仅仅是飞鸟，而你欺骗的却是艺术家!”

幽默的东方朔

武帝即位初年，征召天下贤良方正和有文学才能的人。各地士人、儒生纷纷上书应聘。

东方朔也给汉武帝上书，上书用了三千片竹简，两个人才扛得起，武帝读了两个月才读完。在自我推荐书中，他说：“我东方朔少年时就失去了父母，依靠兄嫂的扶养长大成人。我十三岁才读书，勤学刻苦，三个冬天读的文史书籍已够用了。十五岁学击剑，十六岁学《诗》《书》，读了二十二万字。十九岁学孙吴兵法和战阵的摆布，懂得各种兵器的用法，以及作战时士兵进退的钲鼓。这方面的书也读了二十二万字，总共四十四万字。我钦佩子路的豪言。如今我已二十二岁，身高九尺三寸。双目炯炯有神，像明亮的珠子，牙齿洁白整齐得像编排的贝壳，勇敢像孟贲，敏捷像庆忌，廉俭像鲍叔，信义像尾生。我就是这样的人，够得上做天子的大臣吧！臣朔冒了死罪，再拜向上奏告。”

武帝读了东方朔自许自夸的推荐书，赞赏他的气概，命令他待诏在公车署中。

公车令俸禄微薄，又始终没有见到皇帝，东方朔很是不满。为了让汉武帝尽快召见自己，他故意吓唬给皇帝养马的几个侏儒：“皇帝说像你们这样矮小的人，既不能种田，又不能打仗，更没有治国安邦的才华，留着你们对国家、对社会都是累赘，不如统统杀了的好，还可以为国家减少一些寄生虫。”侏儒们大为惶恐，哭着向汉武帝求饶。汉武帝问明原委，即召来东方朔责问。东方朔终于有了一个直接面对皇帝的机会。他风趣地说：“我是不得已才这样做的。侏儒身高三尺，我身高九尺，但我们所得的俸禄却一样多。那些矮子饱得要死，我却饿得发慌。陛下说要广求人才，如果您认为我是个人才，就重用我；要不然的话，就干脆放我回家，我不愿再白白耗费京城的白米了。”东方朔诙谐风趣的语言，逗得汉武帝捧腹大笑，遂任命他待诏金马门，不久又擢为侍郎，侍从左右。

一天，酷暑的夏天，武帝下诏官员到宫里来领肉。等了好久，分肉的官员还未来，东方朔就自己拔出剑割了一大块肉，并对同僚们说：“大伏天，肉容易腐烂，大家快快拿回去吧！”第二天，武帝对东方朔说：“昨天赐肉，你为何不等诏书下来，擅自割肉归家，这是为什么？”东方朔说：“东方朔啊东方朔，接受赏赐迫不及待，何等无礼啊！拔剑割肉，何等英勇啊！只割肉一块，何等廉洁啊！回家送给妻子，何等仁爱啊！”汉武帝听后，大笑着说：“要你自我批评，你倒表扬起自己来了！”说完，汉

武帝又赏赐给东方朔酒一石、肉一百斤，让他回家“仁爱”去了。

汉武帝晚年时爱好道家成仙之术，和东方朔很亲近。一天他对东方朔说：“我想让我喜欢的人长生不老，能不能做到呢？”东方朔说：“我能使陛下做到。”汉武帝问：“需要服什么药呢？”东方朔说：“东北地方有灵芝草，西南地方有春生的鱼，这都是可以使人长生的东西。”武帝问：“你怎么知道的？”东方朔说：“三只脚的太阳神鸟曾下地想吃这种芝草，羲和氏用手捂住了三足鸟的眼睛，不准它飞下来，怕它吃灵芝草。鸟兽如果吃了灵芝草，就会麻木得不会动了。”武帝问：“你怎么知道的呢？”东方朔说：“我小时挖井不小心摔到井底下，几十年上不来，有个人就领着我去拿灵芝草，但隔着一条红水河渡不过去，那人脱下一只鞋给了我，我就把鞋当作船，乘着它过了河摘到灵芝草吃了。”武帝听了东方朔的无稽之谈，哈哈大笑，想取灵芝草的念头也就作罢了。

不久，有人对汉武帝说君山上有美酒数斗，如能喝到，就可以长生不老。汉武帝很兴奋，专门为之斋戒七天，派大臣带童男童女数十人到君山去寻找仙酒。大臣不负所托，果然找到了仙酒，给武帝带了回来。谁知，东方朔很爱喝酒，武帝还没喝呢，他就忍不住馋虫，偷偷地把酒喝光了。

汉武帝知道后龙颜大怒，喝令立斩东方朔。东方朔被捆后却大笑不已。武帝惊问道："你死到临头了，还笑什么？"东方朔说："方士说那酒是'不死之酒'，如果这酒真能让人长生不死，那么，你就无法将我杀死。如果一刀下去，我还是死了，这酒还称得上是'不死之酒'吗？人哪有不死的？如果皇上为了这'假仙酒'而将我杀死，不是要令天下人耻笑吗？"武帝觉得杀了机智的东方朔很可惜，而且也真的怕天下人耻笑他而终于放了东方朔。

东方朔当太中大夫时，隆虑公主的儿子昭平君是个骄奢淫逸的公子哥，娶了武帝的女儿夷安公主。其母怕自己死后，儿子闯祸犯罪，于是预先拿出黄金千斤、钱千万给朝廷，赎他的死罪。隆虑公主去世后，儿子果然日益霸道，一天酒后杀了夷安公主身旁的仆人，被拘在内官。因为他是皇亲国戚，不能随便惩处，廷尉于是把他交给武帝处置。武帝身旁的大臣都为他求情，说："他母亲已为他出了一笔钱，赎了他的死罪，陛下也答应过。"武帝说："我那可怜的妹妹，年纪很大了才有这个儿子，生前还托付给我。"说着流下了眼泪。过了一会儿，他擦干了眼泪，又说："法律是先帝制定的，如果因为妹妹的关系破坏了先帝的规矩，我有何脸面进高帝的宗庙呢！如何去面对黎民百姓呢？"于是核准了对他外甥的惩处，杀了昭平君。

之后，武帝十分悲痛，左右大臣也为之伤心。只有东方朔丝毫不哀伤，反而拿了一杯酒，为武帝祝寿。他说："臣听说圣王为政，赏赐不避仇家，诛罚不分骨肉，如今陛下您遵循古训，所以四海之内黎民百姓都能各得其宜，这是天下的荣幸。今天，我捧了这杯酒，为皇上敬酒，冒着死罪，再拜万岁、万万岁！”武帝听了，一声不吭，拂袖而去。

到了傍晚，武帝召见东方朔，责问他道：“古书上讲‘该说话的时候才说话，这样人们才不会讨厌他’，今天的情景，是你应该上寿酒的时候吗？”东方朔马上脱下帽子，磕头请罪道：“臣听说快乐过度了，阳气要溢满；悲哀过度了，阴气要减损。阴阳变了，心气就要动；心气既动，精神涣散，邪气乘虚而入，能够消忧解愁的最好是酒。所以我奉上寿酒，一来表明陛下公正无私，二来要解除你的悲哀。我不知忌讳，真是罪该万死！”武帝听东方朔这么一说，对他表现出的胆识和忠诚十分欣赏，便不想再责罚他了，不仅赦免了他以前犯的过错，还下令赏给他一百匹帛。

汉武帝晚年时好大喜功，最喜欢臣下歌功颂德。一次，武帝问东方朔：“先生以为朕是一位什么样的君主呢？”东方朔回答说：“圣上功德，超过三皇五帝，要不众多贤人怎么都辅佐您呢，譬如周公旦、邵公奭都来做丞相，孔丘来做御史大夫，姜子牙来做大将军……”东方朔一口气将古代三十二个治世能臣都说成了汉武帝的大臣。他语带讽刺，但又装出一副滑稽相，使汉武帝欲恨不能，哈哈大笑，笑恨之余又确实感到自己不如古代圣王。

刘备看相

东汉末年，有一神算子来蜀地拜访刘备，刘备请他看相。神算子说："你的相很好，白面白心。"刘备又让他看关羽的相，神算子说："他的相也好，赤面赤心。"刘备听后，急忙握住张飞的手说："三弟，你的相还是不看了吧。"

机灵的诸葛恪

诸葛亮有个哥哥叫诸葛瑾，字子瑜，在孙权手下当差。这人脸长得很长，经常有人说他是驴脸。诸葛瑾有个儿子名叫诸葛恪，勤奋好学，聪明过人，被誉为神童。

一天，孙权大宴群臣，叫人牵来一头驴，拿了纸条，上面写上"诸葛瑾"三个字，贴在驴头上，意思是说，这就是驴脸的诸葛瑾。此举惹得在场的人哄堂大笑，弄得诸葛瑾很难堪。

诸葛恪灵机一动，立即出来跪在孙权面前说："小臣请笔，能不能在上面添两个字？"

孙权想知道他要写什么字，就说："好吧。"

诸葛恪就在"诸葛瑾"三个字下面添了两个字："之驴。"这样，字条上就成了："诸葛瑾之驴。"孙权毫无办法，不仅没有笑话成诸葛瑾，反而让他白白拉走了一头驴。

裴佶姑父的德行

唐人裴佶的姑父是个在朝中很有声望的官。一天，裴佶去探望姑母，听见刚刚退朝回家的姑父深深地叹息说："崔昭是什么人？大家居然都称赞他。他准是个行贿老手。像这样子，天下怎么能够不乱呢？"

话音未落，看门人来报说寿州的崔昭求见。闻听来报，裴佶

的姑父很气愤，怒斥看门人，并要鞭打他。过了很久，裴佶的姑父才勉强整衣出去。

不一会儿，裴佶的姑父命人赶快敬茶，接着又叫准备酒菜，继之又叫人为崔昭喂马，并吩咐招待崔昭的随从吃饭。裴佶的姑母有些不理解，说："他原先那样傲慢，现在怎么又这样恭敬呀？"

姑父回来后，一进门便笑嘻嘻地朝裴佶拱手道："先到书斋去休息。"裴佶还未走下台阶，就见姑父从怀中掏出一张纸，原来是崔昭送来了很多的银票。

韩愈论聪明过人

唐朝文学家韩愈时常对翰林学士李程说："我与崔丞相同年

中第又交往多年，觉得他真是聪明过人。”

李程问：“崔丞相什么地方聪明过人？”

韩愈说：“他和我交往二十多年，却从不曾在我面前谈过文章。”

聪明的戏子——敬新磨

五代时，后唐皇帝庄宗李存勖喜欢看戏，在宫中养了很多戏子。其中，有个叫敬新磨的最为受宠。他时刻伴随在庄宗身边，不时地即兴为庄宗演上一出好戏。

一次，庄宗到中牟县打猎。途中，马队践踏了老百姓的田地。中牟县令拦住了马头，对庄宗说：“陛下容禀，民以食为天，他们全部的血汗都在这庄田上，切不可随意地踩毁！”

庄宗怒斥道：“滚！”说着，扬鞭抽马而去。

随行的戏子敬新磨追上县令，把他带到庄宗面前，对县令说：“你是一位县令，难道不知我们天子好打猎吗？你为什么纵容老百姓种庄稼以供赋税，为什么不把老百姓饿起来，把地方空起来，供给我们天子驰骋打猎？真是罪该万死！”说完，请求庄宗将县令判处死刑。

庄宗听了哈哈大笑，下令从此不准马队踩踏庄稼，并放走了县令。一些附和敬新磨的戏子故意问庄宗为什么放县令，庄宗说：“敬新磨是在讽刺我，他的意见是对的，朕知错啦！”

张融与赵匡胤

宋太祖赵匡胤曾当面许诺要封张融为司徒长史，但一直未下诏书。

一天，张融骑了一匹瘦马，宋太祖见了，问："你的马为何这样瘦，每日喂粟多少？"

张融答："一石。"

宋太祖又问："喂这么多为何还如此瘦？"

张融说："臣许诺给一石，并没有真给。"

宋太祖听出张融话中有话，第二天就下诏任命他为司徒长史。

苏东坡评十分诗

北宋诗人郭祥正，字功甫，自号醉吟居士。宋元丰年间进士，早有诗名，诗风豪迈，梅尧臣曾誉其为"李白后生"。

一次，祥正路过杭州，去拜访苏东坡。他拿出自己写的一首诗给苏东坡看。未等东坡看诗，他自己先有声有色地吟咏起来，直读得感情四溢，声闻左右。吟完诗，征询东坡的意见："祥正这些诗能评几分？"

东坡不假思索地说："十分。"郭祥正大喜，又问何以能有十分。东坡笑着答道："你刚才吟诗，七分来自读，三分来自诗，不是十分又是几分？"

儒生与欧阳修

宋朝有一个儒生自恃才高八斗，喜欢吟诗作赋，总是觉得自己了不起，文如锦绣，诗如莲花。四下张望，只有一个叫欧阳修的，能和自己相比。一日，这秀才背起行囊，拿了一张地图，要

和欧阳修对诗词。那真是，一脸得意，万种豪情。心想，定要让他哑口无言，乖乖地亮出免战牌。

说话间，秀才来到河边，上船的时候，一歪脑袋看见一棵枇杷树，秀才出口成吟："路旁一枇杷，两个大丫杈。"——要说嘛，这秀才的前两句还是挺顺当的，可不知怎么，总是后劲不足，后面就憋不出来。要说天下的事，就是一个巧。正巧欧阳修也来过河，随口说道："未结黄金果，先开白玉花。"秀才一听，拱手赞道："想不到老兄也会吟诗，对得还不错，不失我的原意。这可是幸会了。"说话间，船老大已经开船了，枇杷树渐行渐远，秀才见河中有一群鹅，有的鹅潜水，有的鹅嬉戏，诗兴又起，脱口念道："远看一群鹅，一棒打下河。"

话说秀才两句出口，又没词了。欧阳修顺口接道："白毛浮绿水，红掌拨清波。”秀才大喜：“嘀！看来老兄肚子里还真有点货，竟能懂得我的诗意。”那秀才大步流星，从船头跨到船尾，向欧阳修伸出双手，一边走一边说：“诗人同登舟，去访欧阳修。”

欧阳修连忙把双手高高拱起：“修已知道你，你还不知修(羞)。”

苏东坡与老道

宋代大诗人苏东坡出任杭州通判时，一日闲暇，乔装秀才，带一家奴，前去游览江南风景圣地莫干山，见一座道观，便和随从一起进去讨杯茶喝。道观住持见他衣着简朴，以为是个落第秀才，冷淡地说：“坐。”回头对道童说了声：“茶！”

后来老道见苏东坡脱口珠玑，谈吐不凡，料定有些来历。老道立刻换了一副面孔，说声“请坐”，又叫道童“敬茶”。坐了一会儿，老道借沏茶之机，悄悄地向仆人打听，才知道是大名鼎鼎的苏大学士、杭州刺史老爷到了，马上把苏东坡引至客厅，毕恭毕敬地说：“请上座。”并回头吩咐道童：“敬香茶！”苏东坡心想，出家人尚且如此世故，难怪世上人情淡如水，不觉暗暗发笑。

老道人好不容易抓住了这个时机，便请苏东坡留墨题词。苏东坡就把眼前发生的事实经过，写了一副对联：

坐！请坐！请上座！

茶！敬茶！敬香茶！

这副对联，诙谐有趣，把老道以貌取人、十分世故的形态和嘴脸，勾画得惟妙惟肖。老道人见联自知失礼，满面羞愧。

但丁论贫穷和富有

伟大的意大利诗人但丁（1265—1321）被恩格斯称赞为“新时代的最初一位诗人”。

处于新旧时代交替时期的但丁并不超然，他深深地卷入政治斗争，曾在他的保护人坎·格朗德的宫廷里住过一段时间，不过他们的关系并不真正融洽。宫廷里另外一位官员，狂妄无知，却能获得大量的金钱。一天，这位官员对世界名著《神曲》的作者但丁说：“这到底是为什么？像我这样无知愚笨，却这么得宠而富有。而你学识渊博、聪明非凡，却穷得像乞丐？”

但丁回答说：“原因很简单，你找到了一位与你类似的君主。要是我也找到一位像我这样的君主，就会和你一样富有了。”

解缙与员外

据传，明朝名士解缙，家门口正对着一片竹林。这年春节，他在门上贴了一副春联：门对千根竹，家藏万卷书。

竹林的主人是当地的一个员外，他见了，便想为难解缙，遂叫人把竹砍掉。解缙明白他的意思，于是在上下联各添了一字，成为：门对千根竹短，家藏万卷书长。

员外一见更加恼火，下令把竹子连根挖掉。解缙暗暗发笑，在上下联又各添一个字：门对千根竹短无，家藏万卷书长有。

员外终于无可奈何，低头认输。

祝枝山与财主

祝枝山是明代书画家。一年除夕，乡里有个财主叫卜昌，平日为富不仁，临近年关，卜昌专程来请祝枝山为自家写春联。祝枝山想：这家伙平日鱼肉乡里，欺压百姓，今日既然找上门来，何不借机奚落他一番，给乡人出口恶气？于是，吩咐书童在卜财主的大门两旁贴好纸张，挥笔写下了这样一副对联:明日逢春好不晦气，来年倒运少有余财。

周围的邻居听说卜家的春联是祝枝山写的，纷纷聚拢过来观看。卜财主非常得意，却想不到人们看到这副对联，都这样念道:明日逢春，好不晦气；来年倒运，少有余财。

卜财主听了气急败坏，知道是祝枝山故意辱骂他，于是到县衙告状，说祝枝山用对联辱骂良民，要求老爷为他做主处置祝枝山。另外，卜财主还暗中给县老爷送了些金银财物。当下，县令便派人传来祝枝山，当着卜财主的面，县令官气十足地质问道：

“祝枝山，你好大的胆子！说，为何用春联辱骂卜财主？”祝枝山笑着回答说：“大人此言差矣！我是读书人，无权无势，岂敢用春联骂人？学生写的全是吉庆之词啊!”于是，拿出对联当场念给众人听:明日逢春好，不晦气；来年倒运少，有余财。

县令和财主听后，目瞪口呆，无言以对。好半天，县老爷才如梦初醒，呵斥卜财主道：“只怪你才疏学浅，把如此绝妙吉庆之词当成辱骂之言，还不快给祝先生赔罪?”卜财主无奈，只好连连道歉。祝枝山哈哈大笑，告别县令，扬长而去。

米开朗琪罗与市长

意大利雕塑家米开朗琪罗刚刚完成了一件自己很满意的雕塑作品。在作品预展时，佛罗伦萨万人空巷，纷纷前来观看，对这件作品赞不绝口。

市长也来了，众多权贵纷纷拥到市长面前，等待市长发表高见。市长傲慢地看了几眼雕塑，问：“这是谁的?”

米开朗琪罗来到市长面前，向市长请安。市长说：“雕石匠，我觉得这个石像的鼻子低了点，影响了整个石像的艺术效果。”

米开朗琪罗听后，说：“尊敬的市长，我会按你的要求加高石像的鼻子。”说着他让助手取出工具，提起石粉在石像的鼻子上认真地涂抹着。涂抹了一阵，他又走到市长面前，对市长说：“尊敬的市长，我已按你的要求加高了石像的鼻子，你现在看看还满意吗?”

市长看了看，点了点头，说：“雕石匠，现在好多了，这才是完美的艺术。”

市长离开后，助手百思不得其解，问米开朗琪罗：“为什么只在鼻子上抹了三把石粉，市长就认为石像的鼻子高了?”

米开朗琪罗笑了笑，说：“他是市长。”

据说那尊雕塑至今仍然矗立在佛罗伦萨的街头，凡是知道那尊雕像的人，都知道一句谚语：权贵的虚荣，就像石像鼻子上的三把粉。

徐渭的幽默

徐渭是明朝末年的著名画家，历史上流传着不少关于他的笑话。

据说，徐渭因家穷，没米下锅的时候，就跑到亲戚朋友家里去，赖着不走，依人生活。有一次，适逢春雨绵绵，他所寄食的那户人家十分厌烦。一天，主人看到徐渭上厕所去了，就在壁上题上一行字，委婉地下了逐客令。那行字是这样的：“下雨天留客天留人不留。”

徐渭回来，看到那行字，自然心头明白，但是他不仅不走，还笑嘻嘻道：“既然你这样盛情留我，我就再住下去吧!”说着，提起笔来，给这行字作了圈点：“下雨天，留客天。留人不？留。”

伊丽莎白女王与培根

有一次，伊丽莎白女王到时任大法官的培根府邸做客。由于女王长期生活在宫廷大院里，平时也多往来于达官显贵们的奢华豪宅，当她看到简朴的大法官的宅第时，不禁惊叹道：“你的住

宅太小了！”

培根站在女王身边，仔细端详了自己的房舍后，耸耸肩说：“陛下，我的住宅其实并不小，只是因为陛下抬举我，光临寒舍，才使它显得小了。”

泰戈尔与小姑娘

某日，印度诗人泰戈尔收到一个小姑娘寄来的信，信上说：“您是我最敬仰的一位作家。为了表示敬意，我打算用您的名字来命名别人送给我的一条哈巴狗，不知您同意否？”

泰戈尔回信说：“亲爱的小姑娘，我赞成你的想法。但重要的是，你必须同你的哈巴狗谈一谈，看它是否同意。”

两朝领袖——钱谦益

明末清初的江南名士钱谦益降清后，一次偕同柳如是游览苏州虎丘山，他穿的衣服没有领子，袖管阔大。一士子上前拱手鞠躬致礼，并请问他为何穿这样的衣服。

钱谦益答道："没有领子是今朝（清朝）的官服，大袖子是先朝的官服，因为我在先朝当官长久，习惯了。"

士子假装肃然起敬地说："大人真可算得上是两朝领袖呀！"

拉·封丹与用人

法国寓言作家拉·封丹习惯于每天早上吃一个土豆。有一天，他把土豆放在餐厅的壁炉上想凉一下，不久土豆却不翼而飞了。于是他大叫："我的上帝，谁把我的土豆吃了？"

他的用人匆匆跑来说："不是我。"

"那就太好了！"

"先生为什么这样说？"

"因为我在土豆上放了砒霜，想用它毒老鼠。"

"啊，上帝！我中毒了！"用人连忙用手指抠着喉咙，焦急地喊道。

拉·封丹看了，哈哈大笑着说："放心吧，我不过是想让你说真话而已。"

郑板桥送贼

"扬州八怪"之一、清代书画家郑板桥年轻时生活极度窘迫，家里什么值钱的东西都没有。

一天晚上，他躺在床上，忽见窗纸上映出一个鬼鬼祟祟的人影，郑板桥想：一定是小偷光临了，我家有什么值得你拿呢？便高声吟起诗来："大风起兮月正昏，有劳君子到寒门！诗书腹内藏千卷，钱串床头没半根。"

小偷听了，转身就溜。

郑板桥又念了两句诗送行："出户休惊黄尾犬，越墙莫碍绿花盆。"

小偷慌忙越墙逃走，不小心把几块墙砖碰落到地上，郑板桥家的黄狗叫着扑住小偷就咬。郑板桥喝住黄狗，还把跌倒的小偷扶起来，一直送到大路上，又送了两句诗："夜深费我披衣送，收拾雄心重做人。"

伏尔泰与牧师

被称为法国启蒙运动旗手的伏尔泰一生放荡不羁，八十四岁高龄时，他忽然卧床不起，生命垂危。

一位牧师自作多情地来到伏尔泰的床边，为他祈祷忏悔，期冀他的灵魂将来能升往天国。但是，伏尔泰非但不领情，反而追根究底地盘问起对方的身份来："牧师先生，是谁叫你来的？"

"尊敬的伏尔泰先生，我受上帝的差遣来为你祈祷忏悔。"

"那么你拿证件给我看看，我要验明正身，以防假冒。"

富兰克林与仆人

富兰克林的仆人是个黑人，他问富兰克林："主人，绅士是什么东西？"

富兰克林回答说："这是一种生物，是一个能吃、能喝、会睡觉可是什么也不做的有生命的东西。"

过了一会儿，仆人跑到富兰克林身边说："主人，我现在知道绅士是个什么东西了。人们在工作，马在干活，牛也在劳动，唯有猪只知道吃、睡，并且它什么都不干。毫无疑问，猪便是绅士了。"

纪晓岚的幽默故事

民间传说，纪晓岚有一位医生朋友，脾气不怎么好。一日纪晓岚感觉不舒服，前去求诊。这位医生朋友对他说："我知道你是个对对子的高手，我出个上联，你若能对出下联，则诊费、药费全免。"纪晓岚点头应允说，请出上联。那朋友说："膏可吃，药可吃，膏药不可吃。"纪晓岚借其脾气不好发挥，续下联说："脾好医，气好医，脾气不好医。"那医生朋友听了，连连赞叹纪晓岚的对子一语双关，妙不可言，高高兴兴地为纪晓岚诊了脉，拿了药。

乔纳森·斯威夫特的幽默

乔纳森·斯威夫特是18世纪英国著名讽刺作家。他有很多朋友，其中一个是英格兰驻爱尔兰总督的妻子卡特莱特夫人。

一天，他们在一起聊天，无意间，这位夫人赞叹爱尔兰的一切，甚至说："爱尔兰大地上的空气可真好。"

一听此话，斯威夫特马上做手势恳求道："夫人，看在上帝的份儿上，请您今后千万别在英格兰讲这句话，不然他们一定会为这儿的空气征税的。"

约瑟夫二世与小客店主妇

1781年，罗马帝国皇帝约瑟夫二世去法国旅行时，比仆从先到达了贝塞尔镇。小客店的主人是一位爱唠叨的妇女，她问约瑟夫二世是不是皇帝的随员。

“不是。”约瑟夫二世回答说。

不久，这位客店主妇走过约瑟夫二世的房门口时，看到他正在刮胡子。她又问他是不是受皇帝雇用的。

“是的。”约瑟夫二世答道，“有时我给他刮胡子。”

歌德让路

有一次，德国著名诗人歌德在公园里散步。在一条仅能容一个人通过的小道上，他迎面遇到了一位自负、傲慢的批评家。两人越走越近。“我是从来不给蠢货让路的！”批评家先开口道。“我却恰好相反！”歌德说完，微笑着退到路旁。

莫扎特难倒老师

奥地利作曲家莫扎特是海顿的学生。有一次，他和老师打赌，说他能写一首老师准弹不了的曲子。

海顿自然不相信。莫扎特用了不到五分钟就匆匆地把乐谱稿子写完，送到海顿的面前。

“这是什么呀？”海顿弹奏了一会儿后惊呼起来，“我的两只手分别弹向钢琴的两端时，怎么会有一个音符突然出现在键盘的当中呢？这是任何人也弹不了的曲子。”

莫扎特微笑着在钢琴前坐下。当轮到弹那个音符的时候，他弯下身来，用鼻子完成了弹奏。

拿破仑消除差别

1796年，拿破仑被任命为意大利方面军的总司令。在整顿这支从装备到纪律都一塌糊涂的部队时，身材矮小的拿破仑仰头看着大个子奥热罗说：“将军，虽然你的个子高出我一头，但假如你不听我的指挥，我马上就会消除这种差别。”

拿破仑的这句话，让大家都屏住了呼吸，部队中激烈的争吵很快趋于平静。

贝多芬的靴子病了

音乐家贝多芬一生颠沛流离、孤苦伶仃，尤其是耳聋后，他的健康状况恶化，生活极度贫困，只能常去一家低廉的饭馆吃饭。

有一回，贝多芬隔了好几天才去饭馆，一个酒友一见到他就问：“您怎么了？但愿您这几天不是生病了。”

“不，我没病，”贝多芬说，“只是我那双靴子病了，而我又只有那么一双，所以，只好蹲在家里不出来了。”

大教育家彼斯塔洛齐的幽默

一天，某人有意刁难瑞士大教育家彼斯塔洛齐，向他提出一个问题：“你能不能看出襁褓中的小孩长大以后会成为一个什么样的人？”

彼斯塔洛齐回答得很干脆：“这很简单。如果在襁褓中的是个小姑娘，长大后一定是个妇女；如果是个小男孩，长大后就会是个男子汉。”

库勒克补靴子

库勒克是德国的大钢琴家。有一次，他被曾是鞋匠的富翁白林克请去吃饭。进餐完毕，主人要求客人弹支曲子。库勒克只好从命。

不久，库勒克也邀请白林克来家里吃饭。饭后，库勒克拎出一双旧靴子来。富翁感到很奇怪。库勒克说：“上次你请我，是为了听曲子；今天我请你，是为了补靴子。”

乔治·费多不要缺腿虾

有一次，法国著名戏剧家乔治·费多在饭店里用餐，女服务员送来一只缺了腿的龙虾。乔治·费多毫不掩饰地表示了自己的不快。

招待员解释说：“在蓄养池里的龙虾有时会互相咬斗，被打败了的往往会变得残肢少腿。”

“那好，请把这只端走。”乔治·费多吩咐道，“把斗赢的那只给我送来。”

威廉·亨利·哈里逊的聪明

美国第九任总统威廉·亨利·哈里逊出生在一个小镇上。他小时候是个文静羞怯的孩子，人们都把他当作傻瓜，常常捉弄他。

镇上的人经常把一枚五分和一枚一角的硬币扔在小威廉的面前，让他任意拣一个。小威廉总是拣那枚五分的。

有一天，一个妇女问他："为什么不拣一角的呢？难道你不知道那一个更大一些吗？"

"我当然知道，"小威廉慢条斯理地说，"不过，如果我拿了那枚一角的，恐怕他们就再也没兴趣扔钱给我了。"

威廉·休厄尔与女王

英国哲学家威廉·休厄尔是一个幽默的人。

维多利亚女王时代，英国剑桥的卡姆河只是一条被用于城区

排水的排水沟。

有一次，女王陛下访问剑桥大学，在河上的一座桥上停了下来。她对剑桥大学的官员说："河里漂着的废纸太多了。"

同行的威廉·休厄尔接口说："陛下，它们并不完全是废纸，它们的每一页上都写着告示，通知来访者这条河是不适于游泳的。"

海涅的遗嘱

德国诗人海涅一生的爱情生活很不幸。他一再声称他心爱的女人要懂得诗，可后来他流落到巴黎时，竟然鬼使神差地跟巴黎皮货店的一个女营业员马蒂尔德结了婚。这是一个非常不幸的结合。马蒂尔德没有受过教育，愚蠢无知而且虚荣心极强。海涅对她的爱情丝毫没能激发她提高自身素质的欲望。

海涅临死的时候答应把所有的财产都留给马蒂尔德，条件是她必须再嫁一个人。"这样，至少会有一个人因为我的死而感到遗憾。"海涅对自己的这一要求如此解释道。

巴尔扎克判断笔迹

大名鼎鼎的文学大师巴尔扎克是个多才多艺的人。按他自己的说法，他分析研究笔迹的才能是他的主要成就之一。在这方面他曾花了相当的时间。他常向朋友们声称，他可以根据一个人的笔迹准确无误地说出此人的性格特征。

一天，他的朋友某女士给了他一份一个男孩的手迹样品，说她很想听听巴尔扎克对这个男孩的评价。

巴尔扎克仔细地把笔迹研究了几分钟，然后用异乎寻常的目光望着这位女士。于是这位女士告诉他说这个男孩与她非亲非故，他尽可对她讲实话。

“很好，”巴尔扎克说，“既然不是您的孩子，我就实话实说了。这个孩子，呃，是个又懒又坏的家伙，长大后，在监狱里待的时间一定比他在外面的时间还要长。”

“这真是怪事了，”女士微微一笑，“这笔迹是从你小时候的作业本里弄来的呀。”

被误解的雨果

有一次，雨果出国旅行。他来到某国边境接受检查登记。哨兵问他：“你的姓名？”

“维克多·雨果。”

“干什么的？”

“写东西的。”

“以什么谋生？”

“笔杆子。”

于是哨兵在登记本上写道：

姓名：维克多·雨果。职业：贩卖笔杆。

大仲马访问古堡

在《基督山伯爵》一书中，大仲马把法国的伊夫堡安排为囚禁爱德蒙·邓蒂斯和他的难友法利亚长老的监狱。1844 年该书出版后，无数好奇的读者纷纷来到这座阴凄的古堡参观。古堡的看

守人也煞有介事地向每个来访者介绍那两间当年邓蒂斯和法利亚的囚室。人们的好奇心得到了满足，而看守人则相应地拿到一点小费。

一天，一位衣着体面的绅士来到伊夫堡。看守人照例把他带到囚室参观。当听完了例行的一番有声有色的独白之后，来访者问道：“那么说，你是认识爱德蒙·邓蒂斯的喽？”

“是的，先生，这孩子真够可怜的，您也知道，世道对他太不公正了，所以，有时候，我就多给他一点食品，或者偷偷地给他一小杯酒。”

“您真是一位好人。”绅士面带微笑地说，同时把一枚金币连同一张名片放在看守人手里，“请收下吧，这是你对他的好心所应得的报酬。”绅士走了，看守人拿着名片一看，上面用漂亮的字体印着来访者的姓名：大仲马。

大仲马与服务员

有一次，法国作家大仲马到一家德国餐馆吃饭。他想尝一尝有名的德国蘑菇，但服务员却听不懂他的法语。他灵机一动，就在纸上画了一朵蘑菇，递给那位服务员。

服务员一看，恍然大悟，飞奔离去。

大仲马拈须微笑，心想："我的画虽不如我的文字传神，但总算有两下子！"

一刻钟后，那位服务员气喘吁吁地回来了。他递给大仲马一把雨伞，说："先生，你需要的东西，我给你找来了！"

大仲马与小仲马

有一天，小仲马去大仲马那里，见父亲正在写作，就问他近况如何。

"累得要命。"父亲答道。

"那就休息一下好了。"

"不行。"

"为什么？"

大仲马拉开桌子的抽屉，指着两个路易（1 路易=20 法郎）对儿子说："我来巴黎时身边有 53 个法郎，现在手头却只剩下 40 个法郎了。在我没有挣回那 13 个法郎之前，我必须写作！"

林肯与将军

美国南北战争期间，一位将军从前方给林肯总统发回一封电报。林肯觉得电报上对战况介绍得太简单，就回电要求详细汇报。

将军看了回电，有些不高兴，就给总统回了这样一封电报："缴获母牛六头，请示如何处置。"

林肯看了回电，知道将军生气了，便立即给他回电："速挤牛奶。”

将军看后哈哈大笑，怒气全消。

达尔文论迷人的猴子

“进化论”的创始人达尔文应邀出席一次盛大的晚宴。宴会上，他的身边正好坐着一位年轻貌美的小姐。

“尊敬的达尔文先生，”美丽的小姐用戏谑的口吻向科学家提问，“听说您断言，人类是由猴子变来的，是吗？那么我也属于您的论断之列吗？”

“那当然！”达尔文望了美丽的小姐一眼，话锋一转，彬彬有礼地回答道，“我坚信自己的论断。不过，您不是由普通的猴子变来的，而是由长得非常迷人的猴子变来的。”

乐善好施的萨克雷

英国作家萨克雷一生乐善好施，帮助别人从不留名。当他得知朋友经济上有困难时，便常常用别名、假名甚至不具名汇款，给人以接济。寄钱时，他把钱装在用过的药品盒里，并附有一份“医嘱”，上面写明“服法”：

每次“服”一张，应急时“服用”！

罗伯特·勃朗宁的幽默

英国诗人罗伯特·勃朗宁作起诗来很难停下来，从不知疲倦，可他却十分憎恶那些无聊的应酬和闲聊。

在一次社交聚会上，一位先生很不知趣地就勃朗宁的作品向他提了许多问题。勃朗宁既听不出问题的价值，也不知道那个人到底用意何在，觉得厌烦，决定一走了之。于是，他很有礼貌地对那人说："请原谅，亲爱的先生，我独占了你那么多时间。"

狄更斯虚构故事

一天，英国作家狄更斯坐在江边垂钓，一个陌生人走到他的面前问他："怎么，您在钓鱼？"

"是啊，"狄更斯随口回答，"今天运气真糟，这时候了，还不见一条呢。可是昨天也是在这里，我还钓了十几条呢！"

"是这样吗？"那人说，"可是您知道我是谁吗？我是专门管这段江面的，这儿禁止钓鱼！"说着，他从口袋里掏出发票本，要记名罚款。

狄更斯连忙反问："您知道我是谁吗？我是小说家狄更斯，专门负责虚构故事的，虚构故事是作家的专长，所以，不能罚我的款！"

阿道夫·门采尔说时间

有一天，一个初学绘画的人去拜访德国画家阿道夫·门采尔，并向他诉苦说："我真不明白，为什么我画一幅画只需一天时间，可是卖掉它却要等上整整一年呢？"

门采尔听了说："亲爱的，请倒过来试试，要是你能花一年时间去画它，那么我准能只用一天就把它卖掉。"

俾斯麦与法官

德意志帝国铁血宰相俾斯麦有一次和一名法官相约去打猎，两人在寻觅动物时，突然从草丛中跑出一只白兔。

"那只白兔已被宣判死刑了。"法官好像很自信地这么说了以后，便举起猎枪，可是并没有打中，白兔跳着逃走了。

看到这种情形的俾斯麦，当即大笑着对法官说："它对你的判决好像不太服气，已经跑到最高法院去上诉了。"

斯宾塞的幽默

著名的英国哲学家赫伯特·斯宾塞终身未娶。有一次他在路上遇到一个朋友，朋友问他："你不为你的独身主义后悔吗？"

哲学家答道："每个人都应该对自己所作出的决定感到满意。我为自己的决定感到满意，我常常这样宽慰自己：在这个世界上的某个地方有个女人，因为没有做我的妻子而获得了幸福。"

勃拉姆斯靠“祥云”脱身

一次，德国著名作曲家勃拉姆斯参加一个派对，不料遭遇到了一群饶舌又无聊的女人的包围，他便礼貌地边应付边思考摆脱的办法，忽然他心生一计，于是从口袋里掏出一支雪茄点燃。没过多久，他与那群女人便被淡紫色的烟雾包围了，很快，有几个女人忍不住咳嗽起来，勃拉姆斯却依然泰然自若地抽着他的雪茄。

有人终于忍不住对勃拉姆斯说：“先生，您不应该在女士面前抽雪茄的呀!”

勃拉姆斯微笑着回答：“我想，有天使的地方就该有祥云。”

马克·吐温的幽默故事

马克·吐温成名后常常到各个城市去演讲。一次，他独自到一个小城市演讲，演讲之前，他决定先理个发。

“你喜欢我们这个城市吗?”理发师问他。

“啊！喜欢，这是一个很好的地方。”马克·吐温说。

“你来得很巧。”理发师继续说，“马克·吐温晚上要发表演讲，我想你一定想去听听了。”

“是的。”马克·吐温说。

“你弄到票了吗?”

“还没有。”

“这可太遗憾了。”理发师惋惜地说，“那你只好从头到尾站着了，因为那里不会有空座位。”

"对！"马克·吐温说，"和马克·吐温在一起可真糟糕，他一演讲我就只能永远站着。"

"老虎总理"——乔治·克列孟梭商人

在法国的历史上，乔治·克列孟梭是一位大名鼎鼎的"老虎总理"，在治理国家、处理外事等方面以态度强硬著称。克列孟梭曾经向别人讲过这样一件往事，颇能显示他的外交手腕。

那是在一次前往东方的旅行中，有位商人向他兜售小雕像。克列孟梭很喜欢这件工艺品，便问要多少钱。商人说："卖给您这样一位先生，我只要七十五卢比就行了。"克列孟梭嫌太贵，还价到四十五卢比。商人想再让他添几个卢比，可是克列孟梭不再让步。

最后，商人坚持不住了，把手一挥说："真没办法！这样卖给你倒不如送给你。"

克列孟梭毫不客气地接口道："一言为定。"随手即拿过雕像，然后说："谢谢你的一番好意。不过接受如此珍贵的馈赠，我应该有所回报才是。"说完便掏出四十五卢比给了这位商人。

科佩的诺言

法国著名诗人科佩于1884年被选为法兰西学院院士。有一次，一位不大出名的作家的妻子跑来找科佩，请他在法兰西学院选举院士时帮她丈夫一次忙，她说："只要有你这一票，他就一定会被选上的。如果他选不上，就一定会去寻短见的。"

科佩答应满足她的要求，投了她丈夫一票。但此人并未被选上。

几个月后，法兰西学院要补充一个缺额了。那位太太又来找科佩，请他再次鼎力相助。

"啊，不，"科佩回答说，"我遵守了自己的诺言，但他没有遵守。因此，我不好再履行义务了。"

爱迪生对衣着的态度

美国科学家、发明家爱迪生对于穿着很不介意。一次，这位科学家在纽约偶然遇到一位老朋友。

"爱迪生先生，"那位朋友说道，"看您身上这件大衣已经破得不像样了，您应该换一件新的。"

"用得着吗？在纽约没有人认识我。"爱迪生毫不在乎地答道。

几年以后，爱迪生在纽约街上又碰见了那个朋友，这位大发明家还是穿着那件破大衣。

"哎呀呀，爱迪生，"那位朋友惊叫起来，"您怎么还穿这件破大衣呀？这回，您无论如何要换一件新的了！"

“用得着吗？”爱迪生依旧毫不在乎地回答，“这儿已经是人人都认识我了。”

斯蒂文生与崇拜者

英国小说家罗伯特·路易丝·斯蒂文生有一位年轻的崇拜者。这位崇拜者的生日恰好与圣诞节同日。她写信向斯蒂文生抱怨说：“每年的这两个重大日子里，我却只能收到一件礼物，太吃亏了。”

斯蒂文生记住了这位崇拜者的抱怨，他去世前起草遗嘱时，竟将自己的生日遗赠给她，并随后附加了一句：“假如她不好好利用这份遗产，那它的所有权将转给美国总统。”

辜鸿铭论纳妾

怪儒辜鸿铭先生精通九种语言，曾获得十三个博士学位，但他热衷帝制，主张妇女缠足，提倡男人纳妾。

一次，一位反对纳妾制度的外国女士问辜鸿铭：“您崇尚一夫多妻制度，那么您认为一妻多夫制度怎么样？”

辜鸿铭笑道：“我常常见到一个茶壶配四个茶杯，却从未见过一个茶杯配四个茶壶。”

柯南道尔与赶车人

举世闻名的《福尔摩斯探案》一书的作者柯南道尔，有一次在巴黎叫了一辆出租马车，他先把旅行包扔进了车里，然后爬上了车。但还没有等他开口，赶车人就说：“柯南道尔先生，您上哪儿去？”

“你认识我？”作家有点诧异地问。

“不，从来没见过。”

“那你怎么知道我是柯南道尔呢？”

“这个，”赶车人说，“我在报纸上看到您在法国南部度假的消息；看到你是从马赛开来的一列火车上下来的；我注意到你的皮肤黝黑，这说明你在阳光充足的地方至少待了一个星期；我从你右手手指上的墨水渍来推断，你肯定是一位作家；另外，你还具有外科医生那种敏锐的目光，并穿着英国式样的服装。我认为你肯定就是柯南道尔！”

柯南道尔大吃一惊：“既然你能从所有这些细微的观察中认出我来，那么你和福尔摩斯也不相上下了。”

“还有，”赶车人说，“还有一个小小的事实。”

“什么事实？”

“旅行包上写有你的名字。”

伍磬昭赞袁世凯

当年在美国主办《中西日报》的伍磬昭在一次演讲中谈到袁世凯，他说：“袁世凯生平只做了一件大利益于中国的事。”

听者愕然，急想知道是何事。

伍磬昭不急不慢地说：“就是他死了——绝对地死了，很合时宜地死了。”

这一妙语，使在座的人都会意地笑了。

特里斯坦·贝尔纳与乞丐

法国剧作家特里斯坦·贝尔纳一生创作了大量的剧本和小说。他脾气不好，可心地十分善良。曾有个老乞丐摸透了贝尔纳的脾气，每天在某一时间就守在贝尔纳家的门口，每次都能如愿以偿。

贝尔纳实在受不了了，可又无法拒绝施舍。终于有一天，贝尔纳从钱包里掏出来的不是往常的小额银币，而是一张大票面的钞票，老乞丐惊喜得不敢相信。

贝尔纳把钞票放到老乞丐的帽子里，对他说：“我明天去诺曼底，要在那儿耽搁两个月，这钱是预付给你两个月用的，你也有休假的权利。”

莱特兄弟的演讲

美国的莱特兄弟，是人类航空史上的英雄。他们于1903年驾驶飞机飞上了蓝天。飞行过后不久，莱特兄弟去欧洲旅行。在法国的一次盛大的欢迎酒会上，主人再三要求兄弟俩演讲。经过再三推让之后，大哥维尔伯站了起来，他的演讲只有一句话：

“据我们所知，鸟类中会说话的是鹦鹉，但鹦鹉是飞不高的。”

这只有一句话的演讲，博得了人们长时间的热烈鼓掌。

柯立芝夸人

卡尔文·柯立芝于1923年登上美国总统的宝座。这位总统以少言寡语出名，常被人们称作“沉默的卡尔”，但他也有出人意料的时候。

柯立芝有一位漂亮的女秘书，人虽然长得不错，但工作中常粗心出错。一天早晨，柯立芝看见秘书走进办公室，便对她说：“今天你穿的这身衣服真漂亮，正适合你这样年轻漂亮的小姐。”

这几句话出自柯立芝口中，简直让秘书受宠若惊。柯立芝接着说：“但也不要骄傲，我相信你的公文处理也能和你一样的漂亮。”

果然从那天起，女秘书在公文上很少出错了。

毛姆售书

毛姆是英国著名作家，写下了《人类枷锁》等著名长篇小说，他的短篇小说在世界上也非常具有影响力。可谁知道，这位大作家在成名之前，生活却十分艰难，常常饿着肚子写作。

有一天，快到山穷水尽地步的毛姆来到一家报社广告部，找到主任后，结结巴巴地说：“先生，请帮我一把吧，我要推销我的小说。想来想去，只能求助于报社刊登广告了。还请您帮忙在各大报纸上都刊登。”

“各大报纸？”广告部主任瞪大了眼睛，“毛姆先生，你有钱来登广告吗？”

"有有，这个广告刊登后，我的书肯定会销售一空的，你肯先帮我垫付吗？到时加倍还您。"毛姆自信地说。

面对主任一脸的迷惘，毛姆递上了自己拟好的广告词。主任飞速地看完，立即一拍桌子："好，这个主意棒极了，我帮你！"

第二天，各大报纸同时登出了一则令人注目的征婚启事："本人喜欢音乐和运动，是个年轻而有教养的百万富翁，希望能和毛姆小说中的主角完全一样的女性结婚。"

几天之后，全伦敦市书店里的毛姆的书销售一空。

老丘吉尔的幽默

丘吉尔的父亲斯潘塞·丘吉尔公爵也是一位才华出众、政绩斐然的政治家和妙趣横生的幽默大师。

有一次，老丘吉尔在他的俱乐部楼上碰到一个惹人讨厌的家伙。此人缠住他，喋喋不休地高谈阔论些废话，并对听者的不耐烦毫无反应。

老丘吉尔赶忙喊来了一位男仆，吩咐他说："你就待在这里听爵爷说话，直到他说完才可以走开。"

说完，自己却溜之大吉了。

斯大林批准任命

二战时，当时的三巨头在德黑兰召开首脑会议。会上，斯大林不断向罗斯福和丘吉尔施加压力，通过的决议全是斯大林提出来的。

对此，罗斯福和丘吉尔感到非常不满，他们坐在一起商量对策。终于，他们想出一个要弄斯大林的主意。

一天上午，会议开始前，丘吉尔点燃了一支雪茄说：“我昨晚做了一个梦，梦见我成了全球的主宰！”

“我做了一个更奇特的梦，梦见我成了宇宙主宰！请问斯大林元帅，你梦见了什么？”罗斯福问。

“我梦见，既没有批准对罗斯福先生的任命，也没有批准对丘吉尔先生的任命。”斯大林微笑着说。

罗斯福和丘吉尔瞠目结舌，无言以对。

爱因斯坦解释相对论

爱因斯坦创立了相对论以后，据说全世界只有科学家看得懂他关于相对论的著作。其他人都无法理解相对论，因此，经常有许多人向他请教相对论是什么。

有一次，一个对相对论一无所知的年轻人向爱因斯坦请教相对论到底是什么。他说：

“爱因斯坦博士，请你用最简单的语言解释一下你的相对论。”

爱因斯坦回答：

“比方说，你同最亲爱的人在一起聊天，一个钟头过去了，你只觉得过了五分钟；可如果让你一个人在大热天孤单地坐在炽热的火炉旁，五分钟就好像一个小时。这就是相对论。”

三句话不离本行的冯·卡门

为表彰美国空气动力学家冯·卡门（1881—1963）在航天、

火箭等技术上作出的巨大贡献，美国政府决定于1963年2月授予他国家科学奖章。

当时的卡门已经82岁了，并患有严重的关节炎。当他气喘吁吁地登上领奖台的最后一级台阶时，踉跄了一下，差一点摔倒在地上。给他颁奖的肯尼迪总统见状，忙跑过去扶他。

卡门对肯尼迪说："谢谢总统先生，物体下跌时并不需要助推力，只有上升时才需要。"

鲁迅的幽默

1934年，国民党北平市长袁良下令禁止男女同学、同泳。鲁迅先生听到这件事，对几个青年朋友说："男女不准同学、同泳，那男女一同呼吸空气，淆乱乾坤，岂非比同学同泳更严重！袁良市长不如索性再下一道命令，今后男女出门，各戴一个防毒面具。既免空气流通，又不抛头露面。这样，每个都是，喏！喏！"说着，鲁迅先生把头微微后仰，用手模拟着防毒面具的管子……

大家被鲁迅先生的言谈动作逗得哈哈大笑。

罗斯福保密

富兰克林·罗斯福在担任美国第32任总统之前，曾当海军助理部长。有一天一位好友来访，谈话间朋友问及海军在加勒比海某岛建立基地的事。

“我只要你告诉我，”他的朋友说，“我所听到的有关基地的传闻是否确有其事。”

这位朋友要打听的事当时是不便公开的，但既是好朋友的相求，那如何拒绝是好呢？只见罗斯福望了望四周，然后压低嗓子向朋友问道：“你能对不便外传的事情保密吗？”

“能。”好友急切地回答。

“那么，”罗斯福微笑着说，“我也能。”

巴顿将军喝刷锅水

巴顿将军为了显示他对部下生活的关心，搞了一次参观士兵食堂的突然袭击。在食堂里，他看见两个士兵站在一个大汤锅前。

“让我尝尝这汤！”巴顿将军向士兵命令道。

“可是，将军……”士兵正准备解释。

“没什么‘可是’，给我勺子！”巴顿将军拿过勺子喝了一大口，怒斥道，“太不像话了，怎么能给战士喝这个？这简直就是刷锅水！”

“我正想告诉您这是刷锅水，没想到您已经尝出来了。”士兵答道。

作家与编辑的区别

艾略特是英国著名的诗人。有一次，出版商罗伯特·吉罗克斯问诗人是不是赞同一种普遍的观点：大多数编辑是失败的作家。

艾略特沉思了一会儿，说："是的，我认为有些编辑是失败了的作家。但是，大多数作家都是成功的编辑。"

幽默的卓别林

1938年12月，日本发动全面侵华战争已经一年半了；在欧洲，纳粹德国正在到处挑起事端，第二次世界大战即将全面爆发。驰名世界的美国幽默艺术大师卓别林写成了讽刺德国法西斯头目希特勒的电影剧本《独裁者》。好几家电影公司争先恐后踏进卓别林的家门，要同他抢订拍摄合同。

经过一阵子讨价还价，卓别林决定将剧本交给一家电影公司拍摄，并同该公司订立了合同。

第二年春天，影片按计划开拍。卓别林带着演员前往外地拍摄外景。正当紧张工作的时刻，忽然，派拉蒙电影公司向卓别林写信说，《独裁者》的题目原是他们的专利品，因为他们有过一个剧本，题目就叫《独裁者》。

卓别林感到事情有些棘手，便派人去跟他们谈判。可是谈了很久，对方都坚持不肯退让。他们说除非将剧本的拍摄权交出，否则决不罢休。

不得已，卓别林只得亲自找上门去，好言好语地同他们商量。可是派拉蒙公司坚持，如果卓别林不肯出让拍摄权，仍要使用《独裁者》这个题目，那就必须交付两万五千美元的转让费，否则就要以侵犯版权罪向法院提出诉讼。

硬的也不行，软的也不是，卓别林大为恼火，可一时又想不出好办法。过了几天，卓别林灵感爆发，机智地在《独裁者》前面添了一个字,使得派拉蒙公司勒索两万五千美元的计划顿时化为泡影。

原来，卓别林添上了一个“大”字。按卓别林的解释，那部电影的题目加了“大”字，成了《大独裁者》，这样，两个名字就不完全相同了，又怎谈得上侵犯专利权呢？

《大独裁者》于1940年10月15日正式公映，并获得了巨大的成功。在光明与黑暗交战的关键时刻，卓别林用自己的影片为反法西斯斗争做出了贡献。

韩复榘的笑话

民国年间，军阀韩复榘出任山东省主席，此人不学无术，大字认识不了一箩筐，闹出数不清的笑话，可是他却浑然不觉，喜欢百姓称他为“韩青天”，并以此而自鸣得意。

一天，韩复榘接到蒋介石的一份电报，要他速到南京一晤。

他看了电报不太高兴了，对副官们说：俺的公务这么繁忙，就为了一“语”呀！副官说：不是一“语”，是一“晤”，委员长要见你一面。韩复榘说：俺一个大老爷们，有啥好看的？俺不去。副官说：肯定是有要事找你面谈，并且是要你速去，主席你不去不好吧！韩复榘说：麻烦，那俺就去。那“速去”是什么意思？副官说：就是要让你快去。

韩复榘说：那好，俺坐电报去，那家伙快。

韩复榘到了南京，看到了很多马路旁大大地写着“行车靠左”几个大字，心中直嘀咕。

当天就见到了蒋介石，两人谈了很久，十分投机。蒋介石说：“韩主席为国为民操劳，就在南京多玩几天吧！”韩复榘说：“谢谢委员长！南京也没啥好玩的，俺还要给南京提一个意见。”

蒋介石说："韩主席有什么意见尽管说。"韩复榘说："俺在马路上看到写的'行车靠左'，那右边留给谁走？这样不对吧？"

蒋介石一听，哈哈大笑起来，假牙都差点笑掉了……

韩复榘有一个鼎鼎大名的外号"韩青天"，因为他经常坐在省政府大堂上审判盗窃犯、毒犯、赌徒等各种刑事案件，还走访山东大地，"扬善除恶"。但是他的"德政"却令老百姓闻风丧胆，因为他审案并不根据法律，全凭个人喜怒，任意胡为。

韩复榘以一介武夫成为封疆大吏，掌握山东全省军政大权，可谓青云直上。在当时社会，一人得道，鸡犬升天。他的亲信随从、至亲好友也随着他的高升而飞黄腾达。他的马弁(随从警卫、侍从)李玉瓒被他派到济宁县任警察局长。李玉瓒走马上任后，本着"千里为官只为财"，应大捞一把的信条，对商号、群众派夫派捐，横征暴敛，弄得民不聊生，怨声载道。当时济宁商民同业公会会长袁绍光带头，联合济宁知名人士、商民代表共十三人签名，撰写呈文，历数李玉瓒在济宁的罪状，上告到济南韩复榘处，请求处理。不几日韩复榘派他的政法处长到济宁，通知原、被告一齐去济南，说韩主席将亲自审理此案。原告整理好李玉瓒在济宁派夫派捐、贪污受贿的证据材料，并把他公开张贴的派捐布告拍成照片带上，一起去济南打官司。在省政府大堂，韩复榘亲自审案，省政府大堂警卫森严，气氛紧张，韩复榘坐在大堂后面的太师椅上。文书递上状纸，他看后说："带袁绍先。"下面无回话，文书上去更正："没有袁绍先，是袁绍光。"韩复榘大为不悦："不管什么袁绍光袁绍先的，将原告一齐带来。"众人心中暗笑，堂堂省府主席竟把"光"字错读成"先"字。韩复榘发问："你们告李玉瓒，有什么凭据？"大家把证据材料、照片等交上。韩复榘看后陡然色变，大喊："把李玉瓒带上来！"质问李玉瓒："这些材料是否属实?"李玉瓒看到人证物证俱在，实难抵赖，只得低头认罪。韩复榘命令："拉下去枪毙!"军警错以为都拉下去，故一拥而上，两人架一人，将原告、被告等十数人拉了就走。

这时韩复榘方觉说得过于笼统，就指着李玉瓒说："把他一人拉下去。"

军警方撕掉李玉瓒的胸章、警徽，将其拉了下去。这样原告等十四人才得以无事放开。审理结束，大家感到这是一次死里逃生的告状，虽然胜诉，犹心有余悸。回到住处，大家才松了一口气。

事后闻知，韩复榘虽然表面上做出"清官为民""大公无私"的样子，但李玉瓒终究是他的亲信，在他被拉下去之后，韩复榘即暗中指使把他放走。

韩复榘盘踞山东虽不到十年，死在他手里的人却不计其数。他问案子还特殊，三个、五个、十个、八个他不问，非得凑够了百八十个他才问，这叫一堂轰！别看一堂轰，可有差别：有放的，有毙的。至于哪个放，哪个毙，他不说话，定了个暗记，什么暗记呢?捋胡子。他如果一捋左边的胡子，就让那些囚犯站左侧，问完了案子这些人全体释放；他要是一捋右边的胡子，就让那些囚犯站到右边，等问完了案子这些人全毙!

不但是囚徒，就是给韩复榘当差的也有跟着倒了大霉的。有一回,他的参谋长沙月波打发一名叫小道的勤务兵给韩复榘送一封信,正赶上韩复榘问案子。勤务兵一喊："报告韩主席，您的信。"

"知道了,站那边等着吧!"韩复榘边说，边捋了捋右边的胡子。

等问完了案子再找那个送信的勤务兵，没啦。韩复榘纳闷了："哎，刚才给俺送信的那个人呢?"

"回韩主席话，已经给毙了。"

"毙了？为什么毙了呢?"

"回您的话，我们看您刚才跟他说话的时候捋右边的胡子来着。"

韩复榘一听乐了："哈哈，真有意思，算这小子该死呀！其实俺刚才不是捋胡子，俺那是挠痒痒呢。"嘿，合着一条命就被他给挠没了！

参谋长沙月波获悉此事后，连忙带小道的母亲到省政府找韩复榘。"韩青天"笑了笑说："现在他是小盗（小道），如不杀掉他，将来就会成为大盗！我也不叫沙参谋长为难，给他娘五百块钱，打发她回去过日子吧。"事情竟然就这样了结了。

韩复榘常常出外巡视各地，美其名曰"视察民间疾苦"，其实是到处滥杀无辜，草菅人命。有一次，"韩青天"到了临沂县，又照例升堂查案，那天审讯的是一件两姓相互仇杀的案子。

有唐姓一家在1925年时被王姓杀死六口之多。1930年唐姓一家复仇，把王姓一家杀掉七口人。1935年秋天，韩复榘巡视到那里。当时闻知临沂的这起仇杀事件时，他大为震怒，立即下令传来王、唐两家人审问。他只是简单地问了姓唐的全家现在还有多少人，唐姓有人回答说："家有十一口人，老的已八十四岁，小的才十二岁。"韩复榘竟毫不思索地说道："把唐姓全家十一口人全部抓起来，一律枪毙！"

当时临沂县长小心翼翼地提醒韩复榘："王姓也杀了人。"

可他却说："民国十四年我没有来山东做主席，当时的事我不管；民国十九年我做了山东省主席，唐姓敢于乱杀人，那不成！你不要多说话！"吓得县长再不敢声响了。

当时顾问张联升在旁劝说："请主席把八十四岁的老头子放了吧。"

韩复榘却表示："留着他也会哭死的，还是一齐杀掉了好。"于是唐姓一家老小十一口人，就这样全被杀光，荒唐至极。

韩复榘不但好审案子，以"青天"自居，还爱假充斯文，到处发表演讲。有一次，韩复榘去当时山东的最高学府——齐鲁大学做讲演。那天，他坐着小轿车就去了，等车开到学校门口，韩复榘一看就火了，这是怎么回事？原来，韩复榘来这儿讲演，这地方得增强防备，门口得设岗啊。站岗的这兵啊是凌晨六点钟上的岗，都十二点半了韩复榘还没来呢！站岗的是又困又饿，靠着墙睡着了。正赶这会儿韩复榘的汽车到了。

韩复榘当时就火了，下车就给站岗的一个嘴巴。"叫你站岗跑这儿睡觉来了，真他妈的'玉不琢，不成器'！"

这当兵的一听韩复榘这句话，立刻跪下了："是！我永久记住韩主席的这句话！"

"你光记住可不行啊，'玉不琢，不成器'，你知道怎么讲吗?"

"他……我这儿睡觉，您要是遇不着就不发火了!"

韩复榘一听乐了："好啊，你这小子还真有两下子！对呀，你在这儿睡觉，俺要遇不着不就不生气了嘛；好小子，别屈了才，起来! 弄个连长当当吧!"

艾森豪威尔当句号

艾森豪威尔在1948年至1950年担任哥伦比亚大学校长。在此期间，他不得不出席许多宴会，发表大量演讲。

在一次宴会上，艾森豪威尔的演说被安排到最后。每位演讲者都面面俱到，滔滔不绝。轮到艾森豪威尔时，时间已经很晚了，所以他决定放弃准备好的题目。别人介绍了他，然后他站起身来，提醒听众说，所有的演讲，无论是书面的还是其他形式的，都离不开使用标点符号。

"今晚，"他说，"我就充当一个标点——句号好了。"说完后就坐了下来。

后来，艾森豪威尔说，这是他最著名的演讲之一。

胡适胡说

胡适经常到大学里去演讲。在某次演讲中，他不断引用孔子、孟子、孙中山先生的话，引用时，就在黑板上写："孔说""孟说""孙说"。

最后他发表自己的意见时，竟引起了哄堂大笑，原来他写的是——"胡说"。

马雅可夫斯基与造谣的人

马雅可夫斯基 15 岁就参加了布尔什维克，对党有着深厚的感情，常常把“十月革命”亲切地抒写为“我的革命”。一天，马雅可夫斯基在路上见到一个头戴小帽的女人，许多人聚集在她的周围，用各种各样最荒谬的谣言来诬蔑、中伤布尔什维克。

马雅可夫斯基很生气，当即用有力的双手分开人群，直扑到这个女人跟前，抓住她大声说：“就是她，她昨天把我的钱袋偷走了！”

那女人惊慌失措，含糊地嘟哝着：“你搞错了吧？”

“没有，正是你，偷了我 25 卢布。”

围着那女人的人们开始讥笑她，四散走开了。

人们走光以后，那女人一把眼泪、一把鼻涕地对马雅可夫斯基说：“我的上帝，你瞧瞧我吧。我可真的是头一回看见你呀！”

徐悲鸿画马

著名国画大师张大千的好友徐悲鸿与赵望云都擅长画马。而徐悲鸿比赵望云的名气大。在一次私人聚会上，赵望云问张大千：“我和徐悲鸿到底谁画的马好？”

“当然是他画得好。”张大千毫不犹豫地说。

赵望云追问说：“为什么？”

“他画的马是赛跑的马和拉车的马，你画的是耕田的马。”

周恩来妙答记者

有一次，周恩来接见的美国记者不怀好意地问："总理阁下，你们中国人为什么把人走的路叫作马路？"

他听后没有急于反驳，而是妙趣横生地说："我们走的是马克思主义之路，简称马路。"

这个美国记者仍不死心，继续出难题："总理阁下，在我们美国，人们都是仰着头走路，而你们中国人为什么低头走路，这又怎么解释呢？"

周总理笑着说："这不稀奇，题目很简单嘛。你们美国人走的是下坡路，当然要仰着头走路了；而我们中国人走的是上坡路，当然是低着头走了。"

布雷斯韦特与二流评论家

英国电影女明星布雷斯韦特以漂亮和演技好出名。此外，她伶俐的口齿也让人佩服。

一次，戏剧评论家詹姆斯·埃加特单独碰上了布雷斯韦特小姐，他想开个玩笑，便对她说："亲爱的小姐，我有个想法已经搁在心里多年了，今天就对你坦诚直言吧。在我看来，你可以算作我们联合王国里第二个最漂亮的夫人。"埃加特以为布雷斯韦特听了此话，一定会问他有幸荣登榜首的是哪一位了。

出乎他的意料，布雷斯韦特静静地说："谢谢你，埃加特先生。我在第二流评论家这里，也就只能听到这种评价了。"

简·科克托拒绝谈论

一次，法国文学家、艺术家简·科克托去参加一个有不少熟人在场的交谈会。会谈中有人提到了有关天堂与地狱的话题，并请科克托发表自己的高见。

科克托彬彬有礼地拒绝道："请原谅，我不能谈论这些问题，因为无论是在天堂还是在地狱，都有一些我的亲朋好友在那儿。"

库尔德·拉斯维茨的阅读趣味

德国幻想小说的奠基人是库尔德·拉斯维茨，有一次他在回答记者关于他最喜欢什么样的书籍这个问题时说："我只读歌德的作品和描写印第安人生活的庸俗惊险小说。"

"为什么？"记者对这位大作家如此古怪的阅读趣味大惑不解。

拉斯维茨便进一步解释道："你知道，我是一名职业作家，总爱情不自禁地对所读的作品分析品评一番。这样做实在太费精神了。而读上述那两类书籍则可以省却这种麻烦，让脑子完全休息。因为，歌德的作品太高超了，简直不容置评；而庸俗的惊险小说又太低劣了，根本不值一评。"

王尔德的主意

1892 年，被维多利亚女王封为桂冠诗人的丁尼生逝世了，这顶称号也就空了下来。几位声望颇高的诗人作为候选人经常被提出来，但其中偏偏没有姿态十足、其实很蹩脚的诗人刘易斯·莫里斯爵士。

"对我故意表示沉默，这完全是一个阴谋。"莫里斯向爱尔兰作家奥斯卡·王尔德叫屈说，"奥斯卡，你说我该怎么办呢？"

"也表示沉默。"王尔德给他出主意说。

海明威的决斗

美国作家海明威在军官学校任职期间，曾直率地批评过一些军官。先后有五位军官找他决斗。

海明威欣然接受决斗的挑战，他说："既然你们先提出决斗，我有权提出决斗的条件：在十步之内，使用手榴弹……”

要求决斗的军官们一听，个个咋舌，全都拒绝了。

老舍的广告

1934 年 12 月，《论语》半月刊连载老舍的长篇小说，文尾尚余空白一处，老舍遂为自己的作品写了一则妙趣盎然的广告：

《老舍幽默文集》不是本小说，什么也不是。

《赶集》是本短篇小说集，并不去赶集。

《离婚》是本小说，不提倡离婚。

《小坡的生日》是本童话，又不大像童话。

《二马》又是本小说，而且没有马。

《老张的哲学》是本小说，不是哲学。

中国文人为自己的作品写广告，老舍恐为第一人。

钱钟书的幽默

被誉为“文化昆仑”的钱锺书先生以其超人的记忆力，学贯中西古今的博学，滔滔不绝的口才，浓郁的机趣与睿智，淡泊宁静毁誉不惊的人格，使得他极富传奇色彩，风靡海内外。

有外国记者曾这样说：“来到中国，有两个愿望：一是看看万里长城，二是见见钱锺书。”简直把他看作了中国文化的“奇迹”与象征。一些人不远万里，从美国、法国、英国、意大利等国家和地区来“朝圣”，然而，他却常常闭门谢客，避之唯恐不及。曾有一次，一位英国女士来到中国，给钱锺书打电话，想拜见他，钱锺书在电话中说：“假如你吃了个鸡蛋，觉得不错，何必非要认识那只下蛋的母鸡呢？”

尼克松的幽默

1972年，尼克松总统访问苏联。在苏联机场，飞机正准备起飞，一个引擎却突然失灵。

当时送行的苏共中央总书记勃列日涅夫十分着急、恼火，在外国政界要人面前出现这种事是很丢面子的。他指着站在一旁的民航局长问尼克松总统：“我应该怎么处分他？”这等于说是给尼克松出了一道不大不小的难题，如果尼克松答得不巧妙，苏联人也可以借机让尼克松出点丑。

“提升他，”尼克松很轻松地说，“因为在地面上发生故障总比在空中发生故障好。”

尼克松此话一出，大家都笑了。

基辛格的谦虚

基辛格博士是中国人民的老朋友，他为中美两国关系恢复正常化做了许多卓有成效的工作。

一次，基辛格到某地演讲，受到了热烈欢迎，听众席上，掌声雷动。当掌声终于停下来后，基辛格说：“谢谢诸位停止鼓掌。因为要我长时间表示谦虚，是件十分困难的事。”

老布什测智商

一个天朗气清的下午，当时任美国总统的老布什和任英国首相的撒切尔夫人会面，老布什问："请问如何才能衡量下属的才智？"

撒切尔夫人气定神闲，把她的外交大臣豪召来，问他："你爸爸的儿子如果不是你兄弟，是谁呢？"豪爽快地答道："豪。"豪离去后，撒切尔夫人对老布什说："就这样，很简单，不是吗？"

老布什回到白宫，召当时的副总统奎尔进来问他："你爸爸的儿子如果不是你的兄弟，是谁呢？"奎尔答不出来，跑去请教基辛格。基辛格听过问题，给了他答案。奎尔随即回来回答老布什："基辛格。"

老布什听了，长叹道："唉，奎尔，我真给你气坏了，答案应该是豪呀！"

第三章 生活中的幽默故事

雷公的惩罚

一年春天，有家父子因为一件小事吵得不可开交。

父亲指指天，吼道：“你再骂我，雷公会惩罚你的！”

儿子说：“去年冬天，你骂爷爷，气得他跑到姑妈家住了十几天，怎么雷公没有惩罚你！”

父亲大怒：“那是冬天，冬天无雷公！”

戒赌

有一次，儿子去赌博，被父亲抓住了，狠狠地训斥了一顿后，说道：“赢了多少？”

“先赢了二百……”

“那还不赶快交出来。”儿子将钱交给父亲。

父亲又说：“从今天起不准再赌了，不然

打断你的手！”

“到后来又输了四百元。”

父亲一听，大怒道：“走，还不赶快去赢回来！”

穿高跟鞋的“窍门”

玲玲的妈妈有次带玲玲去听音乐会。出门的时候，她把一双高跟皮鞋放到手提包里。玲玲很是好奇，问她为什么带着鞋去。妈妈说：“会场有入场规定，一米以下的儿童不许进入，你只要穿上高跟鞋身高就够一米啦。”

“那为什么不让我现在穿上啊？”玲玲仰着脑袋问道。

妈妈说：“这可不行！坐公共汽车小孩够一米，就得买票啦！”

投稿

有一次，黑虎的爸爸听说写文章可赚大钱，便撺掇着黑虎也写文章。

黑虎不知怎么写，只好从课本上抄了一篇，他爸爸反正也看不明白，就叫黑虎寄出去。黑虎不知往哪里寄，他爸爸想了想说：“哪里钱多你就往哪里寄吧。”

于是，黑虎找来了信封，把文章装进去，封住口，贴上邮票，然后在信封上工工整整写上：中国人民银行收。

爸爸帮儿子放风筝

儿子在门口放风筝，老是放不起来。爸爸看到了，便说：

“等等，给我放一次。”

说罢，便叫儿子站在一边，让他拿着风筝，自己扯着线，看准时机，一下子就把风筝放上天了。

爸爸玩上了瘾，一会儿把线拽拽，一会儿又松松，玩得很认真。儿子在旁边忍不住了，央求道：“爸爸，该让我放啦。”

“嗯？真讨厌，在一边待着。”

“不，不，我要放！”

孩子固执地拽着爸爸的衣襟，爸爸声色俱厉地说：“唉，这孩子真缠人，早知道这样，就不带你来了！”

以己度人

一天，父亲发现自己的车胎没气了，便说：“我的车胎没气了，一定是有人故意扎的。”

“爸爸，我知道，一定是楼上王叔叔，他准是嫌您的车放在过道里碍他的事了。”儿子听了，忙仰着脑袋说道。

“你看见他扎我的车胎了？”

“没有。”

父亲好奇了：“那你怎么知道一定是他？”

“因为我曾看见您嫌他的车放在过道里碍事，也这样偷偷地扎过几回。”儿子说完，笑嘻嘻地往一边去了。

治疗失眠

一名彪形大汉经常失眠，便到医院去向医生请教治疗失眠的方法。

“这很容易，”医生说，“你只不过有轻微的神经衰弱。晚上当你躺到床上时，就默念数字，从1数到10，循环重复，便容易入睡啦。注意，一定要坚持。”

几天后，这个大汉又来到医院。他显得比上次来时更疲惫不堪，医生吃惊地问他怎么会弄到这般田地。

病人说：“我坚持每天晚上一躺到床上就不断从1数到10，可是每次数到8，我就跳起来了。”

“为什么呢？”

“我的职业是拳击教练。”病人回答道。

像诸葛亮一样的妈妈

豆豆和华华在一起聊天。

豆豆问：“你说世上真有像诸葛亮一样料事如神的人吗？”

“怎么没有？”华华嚷道，“我妈妈就是！”

“真的？”

“你还不信？”华华说，“我昨天拿了成绩单回家，我妈妈只拿眼睛朝成绩单一扫，就对我说：‘当心爸爸回来揍你。’爸爸下班回家，果然揍了我一顿。”

离群的羊

一位年轻的教师给她班里的一个小男孩讲羊的故事，说有一只羊因为离开了羊群被狼吃掉了。

“明白了吧，”她说，“如果这只羊老实，不离开羊群，它就不会被狼吃掉，对吗？”

“对，老师。”小男孩回答道，“但它以后就被我们吃掉了。”

猎狐

一次，狩猎协会要求会员携带雄猎犬去猎狐，可是有个资深会员只有一只雌猎犬，狩猎协会只好特准他带雌猎犬参加。群犬放出后立即一冲向前，转眼便失去踪迹。那些打猎的人遍寻猎犬不获，便停下来向田里的一个农夫问道：“你看见一群猎犬经过没有？”

“看见了。”农民回答。

“它们到哪里去了？”

“不知道，”农民有点困惑地回答，“但是狐狸跑在后头，我还是第一次看见！”

汇报

四姐妹在家。父亲下班回到家里，她们便都围过来，依次汇报自己今天在家里干了些什么活。

“我把所有的碗碟都洗干净了。”大姐姐说。

“我把它们都抹干净了。”二姐姐说。

“我把它们放到碗柜里去了。”三姐姐说。

最后，轮到年纪最小的妹妹，她怯生生地说道：“我……我把碎片都收拾起来了。”

擦鼻涕

一次，父亲见明明拖着两条长鼻涕，就说：“明明，去擦掉鼻涕，我给你两块钱。”

明明听了，连忙跑出去，不一会儿回来，向父亲要钱，父亲说：“我没钱，只是哄哄你的。”

父亲话音刚落，明明就笑嘻嘻地说：“爸爸，我也是哄哄你的，我把鼻涕吸进去了，你看。”明明说罢便“哼”了一声，两条鼻涕又流下来了。

幼儿园的小朋友

一个幼儿园里，阿姨正教小朋友们念儿歌，她要求小朋友们听一句，念一句。

于是，阿姨说：“一二三四五，上山打老虎。”

小朋友们也跟着念：“一二三四五，上山打小鼓。”

阿姨又说：“一二三四五，上山打老虎。”

小朋友们又念：“一二三四五，上山打小鼓。”

阿姨生气了，大声说：“听清楚，小傻瓜。”

小朋友们齐声大念：“听清楚，小傻瓜。”

别以为我不懂

儿子三岁，平时住在幼儿园，双休日接回家后，就睡在我和妻子中间。

上周日的晚上，他对我们说："我们班孙洁说要嫁给我。"

我大吃一惊，忙问："那你怎么办？"

"我当然要跟她结婚啦！"儿子响亮地回答，"爸爸妈妈，咱们赶快买房吧。"

"买房干什么呀？"妻问。

"我跟她结婚用呗！对了，得给我买个两居室。"

"买两居室干什么呀？你们小两口住一居室不就行了吗？"我故意逗他。

谁知儿子却说："别以为我不懂，我们的孩子还得住一间呢！我可不想让孩子跟我一样，睡在你们大人中间。"

签字

中考结束后，老师把试卷发给每个学生，并要求大家给父母看后请父母在上面签字，再交回来。

第二天，老师问明明："你没有把试卷给父母看吗？"

"看过了。"明明回答。

"为什么没有家长签字，他们没让你不要再看课外书影响学习吗？"

明明伸出满是鞭痕的手说："有，字签在这儿了。"

回答问题

老师为了说明“回报”这个单词，向同学们举例说：“当你们小的时候，爸爸妈妈给你们买牙齿矫正器，当爸爸妈妈老了之后，你们给他们买假牙。谁能用一个词来概括这个行为？”

全班鸦雀无声，片刻后，一个同学举手站起来，得意地说：“是以牙还牙。”

考试成绩

明明很是贪玩，考试成绩总是很差。爸爸警告他再这样下去，就不准他跟家里人去海南度假。

明明这次考完试后恳求老师说：“老师，这次请您给我打100分好吗？”

老师说：“这怎么行，你只能得20分。”

明明又想了想，然后一脸真诚地说道：“这样吧，这次给100分，以后每次扣10分，扣满80分为止。”

最高的山峰——二郎山

一次地理课考试时，试卷中有一道填空题是这样的：“我国最高的山峰是——”

小勇不假思索地填上了“二郎山”。

讲评试卷那天，地理老师把小勇叫了起来：“上课时，我讲了珠穆朗玛峰高8844米，是世界第一高峰，你不知道吗？”

小勇说："知道。可是前几天我听到一首歌里唱：二呀么二郎山呀，高呀么高万丈。我仔细一算，一万丈要有三万多米，那比珠穆朗玛峰高多了。"

父与子

父亲下了夜班回家，拉开灯时，发现地毯上撒满了瓜皮果壳，并有一张醒目的纸条。父亲捡起来一看，只见上面写着："爸爸，对不起，我困了，明天一定打扫。"

父亲忍不住脏，便拖过吸尘器忙活了一阵子。

打扫完后，父亲上床睡觉，只见枕头上又放着一张纸条，上面写着："爸爸，谢谢您！"

空调车，窗户打不开

漂亮的丽丽要到一所大学去报到。在开往该学校的巴士上，丽丽遇到了一个男生，他大概也是要去报到的。这个男生对漂亮的丽丽一见倾心，便传了一张纸条过去，上面写着："如果你愿意与我交朋友，请把纸条传回来，不然就把纸条丢到窗外。"

过了一会儿，纸条传回来了，但是纸条的背面多了几个字："对不起，这是空调车，窗户打不开！"

伦理课

这天，伦理课开始了。教授匆匆走进来，可他太大意了，竟然忘了把裤子拉链拉好。恰巧，教授这节课要讲述的是"在生活中如何提醒人们的一些尴尬事"。

"比如说，如果你看见女孩子屁股上粘有草屑，你应该委婉地告诉她：'小姐，你的肩上有草屑。'女孩子往往会转头往肩部看，这样从上往下一路看下去——终会看见的。"教授侃侃而谈。

这时，一个女学生举手站了起来，弱弱地说道："老师，您的上衣拉链开了。"

教授的风度

李教授是位艺术家，也很有艺术家风度。一次，他在去大学的途中遇见一位擦皮鞋的男孩，男孩问他是否擦皮鞋。教授看了看小孩，和蔼地说："孩子，如果你能把脸洗干净，我就赏你六个便士。"

他说完，那男孩就去喷水池旁洗净了脸，教授果然给了他六个便士，但那孩子又把钱还给他，说："先生，这六个便士我送给你，请你去理发店把头发修剪一下。"

语文课

在一节美国语文课堂上，海伦老师提问道：“要么给我自由，要么让我死去，这句话是谁说的？知道的同学请举手。”教室里悄无声息，无人举手。海伦老师颇感失望，这时一个胖胖的小个子同学用极不熟练的英语回答：“1775年，巴特利克·亨利讲的。”

“对，同学们，现在回答的是日本同学。你们土生土长的美国人却不能回答，而来自异国他乡的日本同学却能正确回答，这是多么可悲可叹啊！”

这时，教室的最后几排传来一声非同小可的怪叫：“把日本人干掉！”

海伦老师听到这叫声，十分生气，大声吼道：“谁？这是谁说的？”

沉默了一会儿，一个美国同学理直气壮地站起来说道：“1945年，杜鲁门总统说的！”

心不在焉

还在上小学的明明上课总是心不在焉，妈妈为了让他认识到自己这个毛病，有一次故意问：“明明，在你们班上，谁做作业最不专心？”

“我不知道，妈妈。”明明回答说。

“你好好想一想，当同学们都在专心致志做作业时，谁总是东张西望而不学习？”

明明想了想："有，有这样的人……"

"快说，勇敢地说出来。"

明明肯定地说道："是，是我们的老师。"

学汉语

汤姆是美国人，今年刚来北京留学。因为对汉语很感兴趣，专门请了个老师来教汉语。这名老师也很喜欢他，教起来很认真，因此汤姆进步很快。

一次，中日棒球队比赛，结果日本队输了。汤姆看完球赛回来，对老师说："老师，你们中国人说话太有意思了。日本队输了，可是你们却用胜和败表达一个意思。"

老师一愣，问："是吗？"

"你们要不就是说'中国队大胜日本队'，要不就是说'中国队大败日本队'，可是不管说的是'大胜'还是'大败'，都是在说你们赢了。"

老师笑了，说："'胜'和'败'的意思确实相反，但是'大胜'和'大败'用在那句话里的时候意思却是一样的，都是打败的意思。"

"我明白了。那是不是说如果下次我们美国队赢了，我们既可以说'美国队大胜中国队'，也可以说'美国队大败中国队'？"

"当然可以。"

头悬梁

一次，老师在课堂上讲到头悬梁的典故，便趁机启发学生说："同学们，古人读书是很刻苦的。古人读书，'头悬梁，锥刺股'，大家说刻苦不刻苦啊？"

"刻苦。"同学们齐声回答。

老师接着说："既然如此，你们也应该向古人学习。"

过了一会儿，一个男生举手报告说："只有女生能学，男生学不了。"

老师惊异地问："为什么？"

学生答："我头上没有辫子。"

一道乘法算术题

算术考试时，老师给学生出了一道三乘七等于多少的试题。明明一下子被难住了，左思右想还是算不出来。于是，明明便在考试结束前随便写上了等于十五的答案。

回家后，妈妈问明明考得怎么样，他回答说："基本上还可以，就是有一道乘法题把我难住了。"

妈妈问他是哪一道题。

明明回答道："是三乘七这道题，我一时想不起来，就不管三七二十一，写了一个等于十五的答案。"

寡后

历史课上，老师问同学们问题。

“同学们，皇帝的自称是什么?”

“是寡人。”一个男生站起来毫不犹豫地回答。

“噢，挺好。那么皇后呢?”

“皇后……是……皇后……”男生不知道了，犹豫了好久，突然，灵光乍现，拍着脑袋叫道，“我知道了，我知道了，皇后自称是寡后。”

语文考试

小学语文考卷上有一道阅读题，大意是讲一位母亲为了孩子吃尽了苦，最后去世的事。阅读后，要求学生在一年后的清明节对母亲说几句心里话。

某小学生这样写道：“清明节到了，祝妈妈节日快乐，福如东海，寿比南山!”

作文课

小学作文课，老师要求同学们每人写一篇介绍某种家用电器使用方法的小文章，看谁写得又好又快。同学们正在思考怎样写的时候，毛毛举手说他已写好了。

老师吃惊地看着毛毛：“写完了?那请你读一下你的文章。”

毛毛大声读：“你想知道空调的使用方法吗?请你认真地看一看说明书，那上面写清楚了使用方法。”

假如我是太空人

上小学四年级的侄女要写作文，题目是“假如我是……”她找我帮忙，我鼓励她独立完成。她终于想出了题目“假如我是太空人”，我当即表示赞许，她接着说：“我就是要到太空去探险，我可能会发现一个新的星球，适合人类居住……”

“好棒！……”我说，“然后呢？”

“等地球上的人多得住不下的时候，一部分人可以搬到新的星球上去……”

我拍手叫好，期望她继续说下去。

“到那时，我就可以炒地皮，发大财了！”她得意地说。

辨认腿

在医学院的一次实验考试中，学生们必须通过显微镜细看虱子、跳蚤和臭虫的腿部，辨认出这些寄生虫的标本。有一位学生一样也没认出来。他离开实验室时，教授在后面喊道：“你还没告诉我你的名字呢。”那位学生回头，打开门，伸出他的腿。“那好吧，老师，”他反问道，“你说我是谁？”

灯亮了

晚上，大家正在寝室洗脚，若有所思的小七忽然说：“我敢肯定，最近两天我们学校必有贵客登门。”

我们未置可否。

第二天，果然寝室管理员通知说明天市长到我校视察，我们顿时大惊失色，向小七打听未卜先知之术。

小七向走廊一瞟，说："你们没看见黑了几个月的灯又亮了？"

历史课

历史课上，老师在给学生们讲古代罗马人的故事。老师说："在古代罗马，有一条很宽的河流。罗马人为了锻炼身体，每天都在河里游泳。有一个将军，不管是春夏秋冬，他每天很早就起床，在吃早饭之前，在河里从这岸到那岸地游三次……"

明明听到这里，忍不住大声笑起来。

老师生气地问："这有什么可笑的？"

明明好不容易止住笑声，说道："他游完三次后，衣服还在对岸呀！"

考儿子

明明的爸爸很关心他的学习，不仅明明的作业他每次都要仔仔细细地看，而且只要一有时间他就亲自出两道题考考明明。这天，他见明明在看语文书，便走过去问："明明，我给你出几个词，你能不能给我找出它们的反义词？"

"当然能了。"明明说。对反义词，他并不害怕，他有自己的办法。

爸爸想了想，说："骄傲。"

"不骄傲。"明明说。

爸爸一听就生气了："这是反义词吗？要这样的话还用得着你找吗？这个不行，再来。这次对'干净'。"

"不干净。"儿子又说。

爸爸见自己的话儿子一点都不听，忍不住了，一时失口，张嘴就骂了一句："混账！"

"不混账。"儿子说。

黄肚皮

有一天老师在发作业，老师一边发着，一边喊道："王小华、林小毛……黄肚皮……黄肚皮……"

叫到黄肚皮的时候没人来领作业本。

就在这时候，有位小女生举手说："老师，我没拿到作业本!"

老师说："你叫什么名字？"

"黄月坡，老师……"小女孩怯生生地回答道。

老外懂中文

我的两个朋友到法国留学，刚到巴黎，在街上看到一个黑人从对面走来，一个对另一个说："真黑啊。"那个黑人马上走到他们面前用中文说了一句："就你白！"

于是，我朋友一再告诫我，在国外不要乱说中文。我有些好奇了："你也遇到过这些情况吗？"

"嗯，"他说，"我碰到过外国人懂中文的事，已经有好几次了。"

有一次，他和朋友在麦当劳吃东西聊天，正说着湖南人的话题，因为他朋友是湖南人，结果有个法国妹妹用中文在边上插了一句，说："我知道湖南人。"

我朋友当时吓得愣了好几秒都没回过神。

更强的是他的一个印度同学，一次有人问他："听说你会说中国话，是吗？"那印度人立刻用中国话说："你有毛病吧？你看不出我是印度人吗？我不会讲中国话。"

还有一次，在法兰克福的地铁上，对面坐了个高个儿，他跟同伴随口说了一句："那家伙腿可真长啊……"没想到那老外居然用中文问他："你有多高？"

于是，他总结说："我们中国人天不怕，地不怕，就怕老外开口说中国话，哈哈哈……"

前些日子，我老妈坐地铁去前门，结果睡着了，到站时猛然惊醒，随口说了句："是前门吗？"旁边一个外国小伙子立马点头说："是前门！"于是老妈下了车……

当然，和老爸在法国的那次才是最好笑的。一次，我们和四个法国人在电梯里，然后我跟老爸说了句："老外好高。"那几个人用中文告诉我，在法国我才是老外，现在想起来当时真是丢人。

还是在法国的时候，一次我在超市里找面包，嘴里不停地在说："面包，面包。"结果旁边一个法国人用中文告诉我："面包在那边。"我吃了一惊，还是回头说了句"谢谢"。

我朋友一次到日本出差，在一个高级大厦的电梯里看到一个金发碧眼穿着暴露的女郎走了进来。我这位朋友就小声问旁边的同事："这是不是鸡啊？"谁料那个女郎猛地一回头用标准的京片子说："你丫说谁呢？小样儿！找抽吧？"

我一同事在美国某机场，她和同伴看见前面走着一位白人老奶奶，巨肥硕那种的。俩女孩在后面用上海话说：“也不知道吃什么能吃得这么胖？”白人老奶奶回头，用上海话回答说：“吃饭啊！”

还有一个老外，愣是用标准的中文告诉我说，他最欣赏中国人在冬天的一个习惯——烫脚，好舒服啊。

我另一个朋友在电梯里碰到一个老外。那老外衬衫上三个扣子没扣。我朋友就跟她朋友说：“那老外胸毛很性感。”那老外立刻回以中文:“谢谢。”

还有一个朋友在国外，当时坐地铁，站在风口太冷，就很谨慎小心地溜到旁边一外国男生的旁边，让他挡风，然后，就听那哥儿们用中文说：“挺聪明的嘛！”当时她就傻了。

我还有一朋友更是恶搞，有次在南开大学校园看到一相熟的非洲老外：“Hello，你是猴儿。”老外用纯正的天津话说：“你是大猩猩！”

自习室的课桌

自一百多年前，“课桌文化派”祖师爷鲁迅先生在课桌上刻下那个足以流传千古的“早”字以后，“课桌文化派”便宣告诞生了。因为天真无邪而模仿力又极强的小学生，都会从启蒙课本上的那篇著名的《三味书屋》中受到鲁迅先生的影响与熏陶，所以此派弟子遍布大江南北、全国各地，下至懵懂顽童，上至大学校园内的莘莘学子，只要有课桌，你就会发现他们的“大作”，有诗歌，有情感呓语，有时尚宣言，还有励志名言，林林总总，不一而足。

某自习室的课桌上就有如下文字：

“书山有路勤为径，学海无涯苦作舟。”

“冬天已经来到，春天还会远吗？”

“分不在高，及格就行。学不在深，作弊则灵。斯是教室，惟吾闲情。小说传得快，杂志翻得勤。琢磨下象棋，寻思走迪厅。可以打瞌睡，写情书。无书声之乱耳，无复习之劳形。虽非跳舞场，堪比游乐宫。心里云：混张文凭。”

“亲爱的，我还不能睡去，因为这道题还没做完。漫漫长夜后，明天就考试，已注定我还要哭泣。考试的关依然太凄厉，注定不能蒙混过去。虽然迎着风，虽然要下雨，但我还是必须去坚持。没有把握的日子里，我更不知怎么过去；不能作弊的岁月里，及格早已离我远去。你问我何时滚回去，我也轻声地问自己。不是在此时，不知在何时，我想大约会是在这学期。”

…………

不管你是讨厌它、欣赏它，还是不屑它，“课桌文化”仍在那儿发展壮大着。它最直接最迅速地反映着莘莘学子的心情、想法。讨厌它的，别忘了多一个乱涂乱画者总比多一个沉默压抑者要好；不屑一顾的，别忘了你的童年也是在涂鸦中度过的；欣赏的，别忘了你们的“文化”是建立在破坏公物上的！

哥哥、弟弟

兄弟俩在书房里写作业。不一会儿，弟弟对哥哥说：“哥哥，这是我的语文作业，用‘添油加醋’这个词造句。你给看看吧。”

接过弟弟的作业本，哥哥读道：“爸爸是饮食公司副主任，他每天到中心饭店吃早点时，小王师傅都要往他的碗里添油加醋。”

哥哥想想，说：“句子倒是通顺的，不过‘添油加醋’这个词一般是作为比喻使用的，你在这句话里，写太实了。”说完，拿起铅笔，另外造了一句：“中心饭店每次评奖时，爸爸都要去为小王师傅添油加醋地评功摆好。”弟弟看了连连拍手叫好。

这时爸爸走了过来，拿起这两条“造句”一看，脸上顿时显出不快，嘟囔道：“这写的是什么东西，纯属‘添油加醋’！”

野餐

丽丽班上要集体外出野餐，对于爱玩的孩子来说，真是一件令人兴奋的事。所有的人都欢天喜地的，课也没心思上了，脑袋里想的全是去野餐的事。丽丽却始终皱着眉头，似乎总担心有什么“严重”的事要发生……

课间更是热闹非凡，好像过节似的三五成群凑在一块儿商量下午到什么地方去采购野餐的食物。这么令人开心的事情，也没有打开丽丽紧锁的眉头。她独自坐在自己的座位上，双手托着下巴，心事重重。

“丽丽，下午跟我们一块儿去超市买东西吧！”

丽丽懒洋洋地看了雪儿一眼，她的眼神里充满了焦虑。

“雪儿，你说明天会不会下雨啊？”

雪儿跑到窗子边，看见蓝天白云，晴空万里，便说：“明天一定也是这样的好天气。”

“很难说。”丽丽像我们经常在电影里看见的那些多愁善感的女人一样，忧郁地摇摇头，“天有不测风云。”

丽丽的一番话，把雪儿喜悦的情绪撵走了一半。

下午，上了两节课就放学了。雪儿和安安、薇薇拉着丽丽去一家超市买明天野餐的食物。

一进超市，她们几个便提起篮子直奔摆放小食品的货架，把那些果冻布丁、咖喱薯片、五香牛肉干、蜜汁话梅直往篮子里装。只恨篮子太小，不能把所有的东西都装走。

只有丽丽没动手，她仿佛对这些美味的食品熟视无睹，提着一个空篮子，快快地跟在她们的后面。

其他女孩在收银台那里排队付款，安安看着丽丽的空篮子问：“丽丽，你怎么什么都没买呀？”

“如果明天下雨，学校就会取消这次野餐活动，你们买这么多东西，不就白买了吗？”

“丽丽，你这人真没劲，扫兴！”

于是，她们乘兴而来，败兴而归，全是因为丽丽的那几句话。

吃晚饭时，雪儿也没有什么心情，心里老想着明天会不会下雨。妈妈伸长了脖子问：“明天去桃园玩，你不高兴啊？”

雪儿说：“明天要是下雨，怎么办？”

“下就下呗！”妈妈两手一摊，“难道我们还把老天爷管住不成？”

“下就下呗！”爸爸也说，“雨中看花，别有一番情趣。”

雪儿还是担心：“如果明天下雨，学校取消这次活动，买的这么多东西怎么办？”

“吃了呗，难道还扔了不成？”妈妈用很奇怪的眼神看着她，“雪儿，你今天怎么不对劲儿呀？老是杞人忧天的样子。”

雪儿也知道今天不正常，嘿，这都是丽丽害的。

第二天，天气晴朗，阳光灿烂，根本就没有下雨的迹象。丽丽还是眉头紧锁，忧心忡忡的样子。“丽丽，你看今儿的天气，肯定不会下雨，你还担心什么呢？”雪儿说道。

“天是不会下雨了，可是我们要乘车去那么远的地方，路上会不会出车祸呀？”

“呸！呸！呸！”安安生气了，“丽丽，这么不吉利的话，你也说得出口？快收回去。”

说出来的话，就像泼出去的水，怎么收得回去？坐上去桃园的车，同学们一路高歌。雪儿只是张张嘴巴，做做样子，“会不会出车祸”这个怪念头一会儿冒出来，一会儿又冒出来，想赶也赶不走。

汽车终于安全到达桃园，一路顺风，什么事也没发生。桃园的桃花漫山遍野，红的、白的、粉的连成一片，灿若云霞。同学们一路走，一路看，还拍了不少照片，开心得不得了。丽丽不看树上的桃花，只看落在树下的桃花瓣，一路上唉声叹气。雪儿拉着丽丽，要给她拍照："你看这些桃花，开得多好呀！我来给你拍张照吧！"

"开得好有什么用呢？"丽丽伤感极了，"这些桃花很快会谢，从桃树上落在地上，最后化成泥土。"

丽丽的这番话，说得雪儿也伤感起来。一想到这么美丽的花，花期却如此短暂，转眼就会消失，心里有说不出的惆怅。

安安要给雪儿照相，一直叫着"笑一点，笑一点"，可是雪儿怎么也笑不起来，安安就说她假装林黛玉。

到了中午，野餐是自由组合，雪儿、安安、薇薇、欧亚菲和丽丽一组。

"我不去了。"丽丽转身就走。

"站住！"安安拦住她，"你这是什么意思？"

丽丽说："在一个清静的地方，如果遇上坏人怎么办？连呼救别人也听不见。"丽丽态度很坚决，拔腿就往人多的地方走。

安安带着她们，在桃树林里找到一片空地，铺上桌布坐下来。除了安安，她们几个都心神不安，吃东西的时候老是东张西望，看有没有坏人来。在鲜花盛开的桃花林里野餐，应该吃得很浪漫，很有情调，结果，却被子虚乌有的"坏人"搅得浪漫没有，情调没有，连那些东西的味道都没吃出来。

玩了一天，丽丽一直都是很担心的样子，几个女孩一直在琢磨："她到底又在担心什么？"

丽丽说她在担心天会不会塌下来。

这下，所有的女孩都大笑起来。

小顽童老师

"不好啦，不好啦！"小王老师气喘吁吁地跑进办公室，大惊失色地叫道。

"什么事？"在办公室办公的老师们惊讶地问。

"我……我们班的学生都昏过去了。"小王老师结结巴巴地说。

"别急，慢慢说。"主任非常沉着地跟着小王老师来到他的班上。

小王老师说："我也不知道怎么回事，就在我布置作业的时候，全班学生都昏倒了。"

"是不是你的声音太大，把学生吓着了？"

"我的声音温柔得像猫叫。"

"是不是你的学生得了什么可怕的急性传染病？"

"不可能。"小王老师摇摇头。

"小王老师，你再回忆一下，在你布置作业以前学生都是好好的吗？"主任又问，"有没有不祥的预兆？"

"没有啊！在布置作业前，他们活泼得像猴子。"小王老师吓得脸都变了色。

"快叫救护车，马上进行抢救！"主任果断地下命令。

一辆又一辆救护车尖叫着驶进了校园。一名又一名学生被护士抬进救护车。一到医院，所有的医生都跑出来进行抢救。医生向小王老师了解学生的病情，小王老师也说不出个所以然来。

也许是被救护车的声音惊的，被嘈杂的人声闹的，被医生那白大褂吓的……总之，到医院的学生都醒了。一个个都从病床上下来，莫名其妙地问："我怎么到了这里？""我怎么跑到医院里睡觉？""这到底是怎么回事？医院里哪来这么多的人？"

护士小姐手里拿着药水瓶准备给学生挂盐水，学生尖叫着躲开了。

他们叽叽喳喳地说："我们要回家做作业。""时间就是金子，别浪费我的时间。"

听了孩子们的话，在场的人总算放心了。

"别吵啦，把老师吓成这样，做什么作业！"小顽童老师对学生们说。

"孩子们，好好地看病吧，作业不做了！"小王老师的话就像一剂特效药，同学们的精神一下子好起来，他们说说笑笑，根本看不出有病的样子。

故事还未到精彩之处呢。

家长听说孩子昏迷不醒，吓坏了，都赶来医院，有的还边走边哭。家长先找老师后找主任，小王老师身边被围得水泄不通。讲理的，对他还算客气；不讲理的，那个样子差点吃了他。小王老师一脸冰霜，一下子好像老了许多。他真是不明白，自己吃了那么多的苦换来的却是家长的不解和责难，委屈的泪珠在小王老师眼眶里滚动。

这时，小顽童老师走过来说："你们还没搞清事情的真相就对老师横加指责，太不讲道理了。"家长不再吱声，纷纷找自己的孩子去了。

学生们第一次看见这么热闹的场面：医生忙碌的样子、老师紧张的样子、家长焦急的样子……真是开心极了，有的还唱起了歌，跳起了舞。

都市报的记者最会赶热闹了。听说这样的事情，马上就赶到了医院，一个个话筒对着医生、老师和学生。一个个问题连珠炮似的提出来："学生到底得的是什么病？是什么原因造成的？""你能说说学生发病前的情况吗？""老师是不是大声说话吓着了你们？是不是被你们老师的样子吓的？"

学生对记者的问题非常感兴趣，他们争着回答："老师的声音不大。""老师的脸像苦瓜一样苦，心像甜瓜一样甜。""老师外冷内热。""我们也不知道怎么回事，这不关老师的事。"

这件事看起来好像结束了，其实还没有完。

周五那天下午，又发生了同样的事情。事情是这样的，小王老师按照惯例给学生布置双休日的家庭作业。当他布置到 20 题时，学生就喊"行了"，小王老师没理他们；当他布置到 50 题时，学生就皱起了眉头；当他布置到 500 题时，学生开始唉声叹气；当他布置到 1000 题时，全班学生脸色发白，又当场昏了过去。这次小王老师没有惊动主任，他找来了小顽童老师，请他给这些学生治病。

"小王老师，我知道你们班学生发病的原因了。"小顽童老师说，"被你吓的。"

"被我吓的？"

"是被你的作业吓的。你给学生布置了多少习题？"

"不多，才 1000 题。"

"1000 题还不多啊？要是我，不是被吓得昏过去，而是被吓死。”

“两天时间，你知道有多少小时多少分多少秒吗？”

“你当学生是机器呀？他们不上厕所不吃饭不睡觉也写不出来啊！”小顽童老师说，“这下倒好，又把学生吓得昏过去了。”

“有什么办法能治好他们的病吗？”

小顽童老师想了想，在小王老师的耳边嘀咕了几句。

小王老师站在讲台前，清清嗓子，对全班同学说：“各位同学听好了，这个双休日没有作业。”教室里依然很安静，同学们没有任何反应。“各位同学，我再重申一遍，双休日，没有作业。”

小王老师这次说的话，对同学们起了作用，大家都苏醒过来。有的同学表示怀疑：“老师，您不是在骗我们吧？”“老师，您不是在开玩笑吧？”“老师，双休日真的没有作业吗？”

小王老师点了点头。同学们高兴得笑起来，跳起来，还有的高声喊道：“自由万岁！”“我们解放了！”“小王老师，真是我们的好老师！”

从此，小王老师的班上再也没有学生昏迷的情况啦！

愚人节

吃早饭的时候，天天听妈妈对爸爸说：“好像豆豆生日快到了吧……”

豆豆是天天的表弟。

爸爸吃得头也不抬：“嗯，4 月 8 号，我记得很清楚。”

妈妈问天天：“今天几号？”

天天翻翻白眼，嘟囔一句："今天……我只知道今天是星期五。"

爸爸依然没抬头："今天似乎是4月1号。"

"啊——"天天突然大叫。

"怎么了？"爸爸和妈妈同时停住手和嘴的动作，一齐看着天天，然后定格。

"啊……这个嘛……"天天有点不好意思，不过还是忍不住说出了令自己兴奋的理由——"今天是愚人节耶！"爸妈听了，表情漠然。

唉，代沟！天天心中暗自感慨道。这时电话响起来了，妈妈去接听。

“天天，茜茜找你！”妈妈喊道。茜茜是天天的同学，她们经常玩一些你骗我我骗你的游戏。天天拿过电话，学着《美丽人生》里常盘贵子的声音：“莫西莫西——”

“兔子——”茜茜喊天天的声音有点深情，她不由自主地警惕起来。“兔子，对不起对不起，昨晚忘了给你电话。”茜茜似乎很抱歉的样子。

“什么事啊？”天天拖长了音调，像个领导。哼！想骗我？没门儿！天天暗自好笑，等她主动暴露。

“那你别怪我了哦，我现在就告诉你，今——天——自——然——要——考——试哦！”茜茜煞有介事地说。

虽然天天很想毫不客气地打断她的话：“呸！别骗人啦，你以为我不知道今天愚人节啊！”但天天还是忍住了。只是“哦”一声，然后快意地想象着茜茜在电话那头失望的样子。茜茜果然失望地问道：“你书都背好了？”

天天干脆地说：“背好啦！”

临出门前，妈妈再三叮嘱天天：“天天，你今天要去挤公交车，身上钱带好了？”

天天拍拍衣服：“放心！钱没放在书包里，在衣服口袋呢，我会小心的！”今天钱包里有一笔小小的巨款——昨天班头陈老师特意让她提前放学，就是去财务处排队领取上学期全班的学费退款，她数了三遍，是801元。

天天站在站台上等公交车。车来了，呼啦啦，人都拥到了车门口，天天使劲顶着前面一个动作迟缓的胖子的腰，催他：“快点快点！”终于把胖子推上车，天天也一个跃步飞了上去。车上的座位早就被占满了，天天气哼哼地抓住头上的吊环，感到那里又滑又腻的，好脏哦！

“喂——菜包!”忽地，一个响亮的声音响起，把全车昏昏欲睡的人们震得精神一抖擞。一个软乎乎的躯体拼命地朝天天身边挤过来。是刚才那笨重的胖子，他朝天天这边挤呀挤，因为天天站的位置正好在窗户边上。

好讨厌啊！天天只好尽量让开。窗外自行车道上，一个骑车的瘦子“刷”地刹车，眼光往这边扫过来。天天身边的胖子占据了她刚才站的位置，他拼命地朝窗外挥手。窗外那位立即惊喜地响应：“是你啊！肉包——”

嗬！一个肉包，还有一个菜包！“哗——”车上的人全都哄笑起来，天天看到连司机都回了一下脑袋。肉包无所顾忌地把手张开呈小喇叭状，然后窝在嘴巴上，继续广播：“我——们——好——久——不——见——啦!”

这时车辆摇头晃脑地开动起来，天天被挤在极其拥挤的人堆里，她想到了肉罐头。不一会儿，公交车彻底把菜包的自行车丢在了后头。接下来，整车的人都笑得一塌糊涂，有咯咯笑的，有把身体搞得东倒西歪的，有一边擦眼泪一边大笑的……天天也笑得弯了腰、冒了眼泪，拼命拉住吊环才不至于倒在车厢里。

到教室的时候，茜茜和咪咪他们手里都拿着自然书在看，天天心里想：演戏还挺全套啊！她跷着二郎腿，拿出小说优哉游哉地看了起来。茜茜见状，从后面伸过头来，说道：“兔子，看来你真的背书了。我考考你吧!”还没等天天回答，上课铃响了起来，茜茜马上回到座位坐好。

很快，自然老师走了进来。天天奇怪地发现，全班竟然一片哀号。难道是真的要考试——天天心头忽然掠过巨大的不安。也许是真的!

再看胡老师的手里，除了课本，没有别的。天天又放心了——没看到卷子啊！

胡老师细细的胳膊撑住讲台，用细细的嗓音宣布："今天考试！"

教室里又是一片叽叽喳喳的声音。

天天的头脑里也是一片混乱，唯一清醒的意识就是：他们怎么连愚人节都不骗人了？

胡老师抬起右胳膊，冲着大家摆了两下，意思是让大家安静下来，然后她又说："是实验考试。"

"啊——哦——"大家像唱歌一般乱叫，天天也放下心来。实验总比笔试好应付吧。然后是一阵哗啦啦的嘈杂声，大家纷纷离开，向实验室走去。

"走啊，兔子！"咪咪来拉天天。

天天手忙脚乱地摸出自然课本跟着她走了。

"真的考啊？"天天问。

"你不信啊？昨天快放学的时候肥仔带了胡老师口信来的，那时候你已经走了……对了，我们的钱拿到没有？"咪咪忽然站住脚，语气郑重地问道。

"废话！拿不到我今天还来见……"说到这里，天天忽然愣住了——因为她拍口袋的时候，似乎觉得它是瘪的！天天急切地低头拉口袋，三魂吓掉了两魄——拉链拉开了，钱包不见了！

"兔子，你怎么啦？"咪咪拉住她惊叫。

天天翻着身上的每一个口袋，眼泪不争气地落了下来。

"发生什么了？"咪咪已猜到，嗓音都颤抖起来。

天天抹着泪水，告诉她："钱被偷了！"

咪咪着急地问道："什么什么？总共多少钱？你放哪儿啦？是不是忘了？你再想想啊——"

天天咬着嘴唇："早晨出门前，我放在口袋里了。现在，它就不见了。"

咪咪的声音也带上了哭腔："那可怎么办呢？"

不知道为什么，天天那已发昏的大脑被咪咪的哭腔激怒了，于是天天冲着她吼道："我赔就是啦！"然后拔腿就走。真过分——天天心里骂着自己。

自然实验考试有很多类型，胡老师让大家自己挑选。天天讨好地拉着咪咪："我们用显微镜好吗？"咪咪一扭身，去和肥仔、阿呆烤生梨片了。

天天有点发呆，看着他们嘻嘻哈哈地切梨片，又把梨片搁在酒精灯上方，烧了片刻，忽然火没了，灯灭了；接着，他们挨个用显微镜认真观察着……周围尽是手忙脚乱加混乱不堪，还夹杂着女生不停的尖叫声。

胡老师像个巡视的娘娘，在实验室里走来走去。天天有种身在局外的感觉。啊，钱——到底是怎么回事呢？她钝钝地立在那里，绞尽脑汁地想。胡老师向天天走来，她不仅没责备她，反倒和蔼地对她说："你和茜茜一起用那架显微镜吧！"

天天此刻就是不能忍受一丝一毫的温情，老师的话让她感到眼眶里湿热起来。她向茜茜走过去，告诉自己——不能哭，求你啦！茜茜正在专心致志地看显微镜，她忽地瞟了天天一眼，天天发现这家伙的眼神有点鬼祟。忽然心头一亮——哼！肯定是她。因为今天是愚人节嘛。

"喂！看到了吗？"天天坐在茜茜旁边的椅子上，冷冷地问她。

茜茜把显微镜旋转来又旋转去。

天天直截了当，不满地说："开玩笑也不是这样开的吧！那可是全班人的钱哪。"

茜茜答非所问："兔子，你等一下，我马上……马上就好了！"接着，她抬起头，兴奋地喊胡老师："胡老师——"

胡老师赶来，凑近显微镜："哦，我也看到了，是后期细胞。"

茜茜快意地冲天天打了个响指："PASS！（搞定）"然后写实验报告去了。

胡老师抬头看表，然后又提醒大家："抓紧时间啊，快要下课了！"

天天一听急了，就当机立断先不管茜茜做的坏事，赶紧冲到了显微镜前。好心的胡老师帮她放好了新的洋葱根尖标本；天天的任务是，找出它分裂后期的细胞。

想不到的是，该死的后期细胞就是不出来，天天把调节器转粗又转细，还是不出来。胡老师看不过去，过来帮她，她的巧手左一旋、右一转，就搞定了。天天终于有幸目睹到后期细胞尊贵的芳容了。于是天天喜笑颜开地填写实验报告去了。

看到咪咪正坐在第二张桌上写报告，天天就觍着脸凑过去，亲热地喊她："咪咪——"

咪咪白了天天一眼，眼睛里却流露出笑意："秀逗！"

天天一边写字一边告诉咪咪："我找到那个小偷啦！"

"啊？"咪咪震惊的眼神让天天感到无比的快意，"谁——偷了——你的——哦不，我们的——钱？"

天天微笑道："不急，等我写完报告再找她算账！"

咪咪更加震惊："难道说，是我们班的人干的？"

“那难说。”天天埋头写报告，卖着关子。

交了实验报告，走在回教室的路上时，咪咪使劲揪住天天的衣袖不放：“到底是谁啊，你快告诉我！”

于是，天天只好告诉她了：“还能有谁呀？茜茜呀！这个无聊的家伙。”

咪咪叹气：“的确无聊。奇怪，她怎么会开这么低级的玩笑？”

“兔子！”阿呆跑过来，“陈月叫你把钱发给大家，每人17.8块。”

“我的先给我！”阿呆冲天天伸出手。

他的手被酒精灯熏黄了。

天天怀疑他是和茜茜串通一气的，真过分！

“去问茜茜要！钱都在她那儿。”天天板着脸，活像黄世仁。

阿呆疑惑地看了天天一眼，转身就跑了。

天天和咪咪走到教室门口时，就听见教室里一阵喧嚣声。走进去一看，几乎全班的人都围在天天和茜茜桌前，吵吵嚷嚷的。

“茜茜，快把钱给我们啊！”

“茜茜，你这是干什么！”

看着这甚为壮观的场面，天天快意极了。正想象着茜茜的狼狈样子，忽地，看见头发蓬乱的她从人群中挤了出来。

看到天天，她冲过来：“喂！兔子，你怎么骗他们说钱在我这里啊？”

天天瞪着她，瞪得她心里发毛。

“拜托了，兔子，你再这样看我，我真的要怀疑自己拿了你的钱了。”茜茜哀求道。

天天终于开口了：“茜茜，不要演戏啦！愚人节的玩笑也不是随便开的吧。”

茜茜一脸纳闷：“你说什么？愚人节？”她转向大家：“今天几号？”

“3 月 31 号！”有人这样回答。

天天感到心脏在陡然下坠。心头电光火石一般闪过那个场面——肉包使劲朝她身上挤过来，对着窗外喊：“菜包——”

“喂，兔子，我们的银子到底在哪里啊？”大家一齐围上来，一张张迫切的面孔凑近了她。

“原来，今天，不是，愚人节。”天天有气无力，气若游丝。接着，天天拼着最后一口气，像是电影里临终前交党费的烈士一样，对大伙儿说：“钱……在菜包和肉包那里……”

说完，她就倒在了咪咪的怀里。

打牌的检查

一节自习课上，几个同学一起打牌，老师发现后非常气愤，当场把他们批评了一顿，又要他们每人写份检查，第二天在课堂上念。

第二天，其他打牌的人陆续念过检查后，轮到乐乐了。他走上讲台，拿着稿纸念道：“俗话说，‘天有不测风云，人有旦夕祸福’。我昨天上课打牌，竟然被老师发现了。由此，我认识到，打牌必须等老师不在的时候才能打，像这种老师随时会来的自习课，即使打也应该在桌子下面……”

成语

晚饭，豆豆坐在书桌前，正捧着一本成语词典在看。爸爸坐在沙发上看报纸，妈妈在洗碗。

洗过碗后，妈妈走过来对爸爸说："我们单位有个小陈，前几天刚花了两千块钱买了一部手机，今天就报废了。"

"怎么回事?"爸爸问。

"他去厕所时不小心，把手机掉进马桶里了。"

"可惜，太可惜了。"爸爸啧啧地说，"手机是不能沾水的，一沾水，机子就湿了，不能用了。"

豆豆听了，眼前一亮，高兴地说："爸爸，我知道成语都是从哪里来的了。"

爸爸就问："是从哪里来的？"

"是从日常生活里来的。"

爸爸接着就问："你是怎么知道的？"

儿子说："你们不是刚刚说过'手机不能被水弄湿'吗？这不就是'机不可失（湿）'这个成语的来历吗？"

爸爸和妈妈听完以后，禁不住大笑了起来。

军队就是你们的家

上尉是个很幽默的人。一次，他在军营门口迎接刚刚来报到的新兵。

"亲爱的伙计们，欢迎你们到来。从现在起，你们就是真正的军人了。军队就是你们的家。在这儿，你们就像在自己的家里一样。"

话音刚落，就看到一个新兵一屁股坐到了地上，卷好一支烟抽了起来。

"喂，你怎么坐在地上？"上尉有些不高兴了。

"我在家就喜欢坐在地上抽烟。"新兵漫不经心地回答道。

上尉想了想，对他说："你说得对极了，我的孩子。这就是你的家了，抽完烟，立刻去餐厅帮你大哥洗盘子吧！"

蓄长发引发的抗议

黑格将军担任北约部队总司令时，总蓄着长长的头发。而美国军队则规定，军人一律不得蓄长发。

有一名被禁止蓄长发的美国士兵，看到画报上登载着长发的黑格将军像，便把它撕下来，贴在不许他留长发的中尉办公室的门上。为了表示抗议，他还画了一个箭头，指着总司令的长发，写了一行字："请看他的头发！"

看到这份别出心裁的"抗议书"，中尉暗暗笑了，将那箭头延长，指向总司令的领章，补上了一行字："请看他的官阶！"

刺杀训练

在一个炎热的夏天，中尉领着一队新兵进行刺杀训练。

士兵们个个无精打采，中尉不得不下令暂停，并向他们训话："你们听着，这些草人就是你们真正的敌人，他们烧掉了你们的房子，杀害了你们的父母，抢去了你们的姐妹，偷去了你们的钱财，并且喝完了你们的威士忌！"

说完，中尉走到队伍后面，挥手叫士兵们在新的观念支配下，振奋精神，表情严肃地向草人冲去。

突然，一位士兵目露凶光，紧咬嘴唇，回头来大声问道："中尉，是哪一个喝完了我们的威士忌？"

保护装备

谢尔盖中士带领他的小队，完成了防核训练。

"小伙子们，你们还有什么问题？可以提出来。"

"请问，中士，当核武器爆炸时，我应该把武器放在什么地方？"

"伸长手臂，把你的机枪放在离身体尽可能远的地方。"

“那是为了什么？”

“免得武器熔化时，液态金属溅到军服上，使国家发给你使用的装备蒙受损失。”

家信

在非洲大漠上，一个正在服役的士兵在给父母写信。他在信中写道：

“这里简直可怕极了！到处都是灼热刺眼的阳光。只有唯一的一棵孤零零的小树。我们几个人靠摔跤决定胜负，谁赢了才能躲在这棵小树的树荫下待一会儿……”

“亲爱的妈妈，您知道吗？一切都是多余的。”年轻的士兵在家信中写道，“20年来您一直教我起床、穿衣、刷牙和吃早饭，要我早睡早起，现在看来这一切都是多余的。在我们的部队里，所有这一切我们仅用了两天时间就学会了。”

扔掉手里的枪

在一次内容为空手夺刀和空手夺枪的新兵战术训练课上，教官为了了解他们对课程掌握的程度，向士兵们提了一个问题：“现在，你们知道了一个不带武器的人如何对付一个携带武器的人。那么，假如你夜里独自一人守卫一座桥，手里拿着枪，突然发现一个赤手空拳的敌人向你扑来，你怎么办呢？”

几分钟后，一个新兵认真回答道：“我认为，首先必须把手里的枪扔到河里，这样敌人就不会为了夺枪而杀我了！”

我在三个小时前就阵亡了

有支军队在桥头演习，达芙妮小姐刚好路过，正要过桥，一个军官规规矩矩地向她敬了个礼：“小姐，你不能从这里经过。”

“为什么？”达芙妮看着那座完好无损的桥问道。

“它在两小时前就已经被炸毁了。”

“那什么时候可以过去？”

“很抱歉，小姐！”军官严肃地回答，“我无法告诉你，我在三个小时前就阵亡了。”

劣射手

一名新兵打了数十发子弹，无一命中，气得教官大骂：饭桶，别再打了，你到树林里去自杀好了！

新兵走进树林，不久便传来一声枪响。教官大惊，只见那新兵飞快地跑了过来，立正，敬礼。说：报告教官，我刚才向自己开了一枪，但没击中。

祷告

狄青是北宋时期的名将。有一年西夏入侵宋朝，边关告急。皇帝派狄青带五万兵马去抵御。人马越接近边关，士兵的情绪就越低落，一点斗志也没有，很悲观地认为必输无疑。狄青让人打听士兵没斗志的原因，回报说我军只有五万，敌军有二十万，肯定打不过，要马革裹尸了。

第二天行军路上见到一座庙宇。狄青命令停下休息。然后带了一些下属走进庙宇，虔心下拜。狄青口中念念有词，说道："这次奉命到边关打仗。虽说敌我兵力相差悬殊，但我们有佛祖保佑定能胜利。"

接着狄青从袋子里取出一些铜钱来，说道："这里有一百个铜钱，如果这次能打赢，铜钱正面朝上；如果打败就背面朝上。"一把铜钱撒下去，散在泥地上。狄青命令小校检查正反面。

一会儿小校来汇报，说一百个铜钱个个正面朝上。

狄青命令用钉子把铜钱钉在泥地上。

然后把消息晓谕三军：我们有佛祖保佑，铜钱全部朝上，肯定得胜。士兵听了，畏缩不前的畏战情绪一扫而光，士气高涨，立刻赶往边关。一开战，宋军无不以一当十，奋勇杀敌。西夏军队死伤过半后退去了。宋军凯旋，又来到庙宇前。

狄青让小校拔出钉子，收回铜钱。小校惊奇地发现，捡起来的铜钱，两面都是正面的。

狄青哈哈大笑说道："这机关早让你们拆穿了，仗不就要打输了吗？我想这办法也只能用一次，再用就不灵啦。"

"厕所"与教堂

一位美国太太到瑞士旅游，非常喜欢当地的古堡，于是决定按古堡图纸照建一个。

但回来细看古堡图纸却未见有厕所，就写信给瑞士那个建筑师，问厕所何在。信中按英文习惯将"厕所"简称为"WC"。建筑师见信后，不解"WC"为何物，就去问一个神父，神父说是指附近的教堂。

建筑师于是回信称："WC 位于离堡 15 公里处一个美丽的树林中，每周一、二及周日开放，可容 300 人，有很多人周日在此午餐，尽情享用，有一流风琴伴奏。上周本人曾与市长共坐，目前我们正在筹建新座位。希望阁下能再来，我将为您在神父旁边或阁下喜爱的地方留一座位。"

鹦鹉与冻鸡

一个叫作凯瑞的男人在生日时收到的一份礼物是一只鹦鹉，

但这只已长大的鹦鹉态度很差，开口不是骂人的话，就是说粗话或脏话。

凯瑞很努力地想改变这只鹦鹉的态度，不断地跟它说些有礼貌的字眼，放轻柔的音乐，反正所有他想到可以给它一个好榜样的行为他都做了，但是都没有用。

于是他开始对鹦鹉吼了起来，鹦鹉也吼了回去，他用力摇晃鹦鹉，结果让鹦鹉更生气，而且变得更加粗鲁。终于在无可遏制的愤怒之下，他把鹦鹉关进了冰箱里。

几分钟后他便听到鹦鹉粗声大叫、到处乱踢，后来还尖叫了起来，然后就安静下来。

过了一会儿，他没再听到半点声音，凯瑞被吓着了，以为自己可能害死了鹦鹉。

他马上打开冰箱的门，只见鹦鹉很冷静地走出来，并踏上凯瑞伸出的手臂，斯文地说道："我真的很抱歉，相信我粗鲁的言语和行为一定冒犯了你，以后我会努力改进我的行为，希望主人您能够原谅我。"

凯瑞惊讶于鹦鹉态度的急剧变化，正要问是什么使它有如此惊人的转变时，鹦鹉突然小心地轻声问道："我可以冒昧问一句吗？冰箱里那只冻鸡曾经做错了什么？"

回信

著名科学家戴辛有次交给好莱坞影星凯瑟琳·赫本一个剧本。

赫本看后便坐下来写信："亲爱的戴辛先生，承你送给我这样一部动人的剧本，我非常感谢。剧本很有趣，只是……"

写到这里她停了下来，不喜欢信里的虚伪口吻，于是另外铺开一张纸再写："亲爱的戴辛先生，我用心看了好几次，还是不明白这个乱糟糟的剧本说些什么……"

她再次停笔，从头再写："戴辛先生，我从没见过这样无聊而又令人丧气的剧本……"

不行，她认为说得太过火了，又改写为："亲爱的戴辛先生，承蒙眷顾，不胜感谢，可惜工作过忙，无暇抽身……"还是不行，为什么要扯谎呢？

后来她和朋友谈起这件事情，朋友问她最后怎样决定。她说："我把四封信装进一个信封，统统寄给他了。"

护士的抗议

有一个复杂的外科手术，专家和护士们艰苦地做了一天。

最后，在即将缝合伤口时，一位刚刚担任责任护士的年轻女护士突然严肃地盯着专家说："大夫，我们用了12块纱布，可您只取出了11块纱布。"

"不会的，我已经随时取出来了。"专家断言道，"手术已经一整天了，大家都累了，立即开始缝合伤口！"

"不，不行！"女护士高声抗议，"我记得清清楚楚，手术中我们用了12块纱布！"

专家并不理睬她，命令道："你不要管了，准备缝合！"女护士毫不示弱，她几乎哭着大声喊叫起来："您是医生，您不能这样做！"

直到这时，专家冷漠的脸上才泛起一阵欣慰的笑容，他举起左手握着的第12块纱布，向在场的所有人宣布："她是我合格的助手！"